A

Die großen Romane
Band 41

Georges Simenon, geboren 1903 im belgischen Lüttich, gestorben 1989 in Lausanne, gilt als der »meistgelesene, meistübersetzte, meistverfilmte, mit einem Wort: der erfolgreichste Schriftsteller des 20. Jahrhunderts« (*Die Zeit*). Seine erstaunliche literarische Produktivität (75 Maigret-Romane, über 117 weitere Romane), viele Ortswechsel, zwei Ehen und unzählige Frauen bestimmten sein Leben. Rastlos bereiste er die Welt, immer auf der Suche nach dem, »was bei allen Menschen gleich ist«. Das macht seine Bücher bis heute so zeitlos.

Georges Simenon

Der Outlaw

Roman

Aus dem Französischen
von Liselotte Julius

Atlantik

Die französische Originalausgabe erschien 1941 unter dem Titel
L'outlaw im Verlag Gallimard, Paris.
Die deutsche Erstausgabe erschien 1953 unter dem Titel
Ausgestoßen in der Deutschen Verlagsanstalt, Stuttgart.

Atlantik ist ein Imprint des Hoffmann und Campe Verlags, Hamburg.

Umschlaggestaltung: Rothfos & Gabler, Hamburg
Umschlagabbildung: © Gerald Bloncourt / bidgeman images
Satz: Dörlemann Satz, Lemförde
Gesetzt aus der Stempel Garamond und der Ano
Druck und Bindung: GGP Media GmbH; Pößneck
Printed in: Germany
ISBN 978-3-455-01058-9

HOFFMANN
UND CAMPE

Ein Unternehmen der
GANSKE VERLAGSGRUPPE

Erster Teil

1

Die Vorstellung im Kino Saint-Paul ging gerade zu Ende, als sie die Rue Saint-Antoine erreichten. Von der Bastille bis zum Hôtel de Ville lag die Straße wie ausgestorben da – eine einzige weite Schneise, die sogar noch weiter, bis zur Place de la Concorde, reichte –, winzig wirkten die wenigen vorbeieilenden Passanten, die sich bisweilen sogar diagonal über die Fahrbahn trauten.

Die beiden kamen praktisch vom anderen Ende der Stadt, aus dem Grenelle-Viertel, aus einer Straße, die noch nicht fertiggebaut und daher im Stadtplan von Paris nicht verzeichnet war. Wie lange gingen sie nun schon so im Gleichschritt, wobei Nouchi ihren Begleiter untergehakt hatte?

Zuerst hatten sie jedoch ins Grenelle-Viertel gehen müssen. Da hatten die Straßen noch etwas belebter gewirkt, denn obwohl es wegen der Kälte kaum Passanten gab, ahnte man doch, dass hinter den beschlagenen Fenstern der Cafés Menschen saßen.

»Was ist, wenn Lartik nicht da ist?«, hatte Nouchi zu fragen gewagt, als sie die Straße, die noch länger und noch eintöniger war als die Rue Saint-Antoine, bereits zur Hälfte passiert hatten.

Sie hätte besser nicht gefragt. Stan hatte sie streng, geradezu wütend angeblickt und war dann auf eine Bank losgestürzt, um das Holz zu berühren.

»Da ist kein Licht, Stan!«

»Er hat sich eben schon hingelegt!«

Lartik, der Bildhauer gewesen war, bevor er bei Renault arbeitete, wohnte in einer Art Pavillon, einem Maleratelier oder eher einer Baracke im Hinterhof eines halbfertigen Mietshauses. Der Zugang führte über eine Außentreppe ohne Geländer. Und an diesem Abend sah man so gut wie nichts.

»Stéphan!«, rief Stan, während er versuchte, durch die Fensterscheiben zu spähen. »Stéphan! ... Ich bin's, Stan ... Du musst mir unbedingt aufmachen ... Glaub mir, diesmal ist's wirklich ernst ... Nouchi ist auch hier ... Wir sind die ganze Strecke von der Rue Saint-Antoine hierher zu Fuß gekommen ...«

Nouchi flüsterte:

»Da hat sich was bewegt!«

Beiden schien es, als hätten sie ein Geräusch gehört. Sie sahen den rötlichen Lichtschein, der aus einem brennenden Ofen kam, und sie meinten auf dem Bett eine Silhouette, einen Schatten zu erkennen.

»Stéphan!«

Und Nouchi, fast unhörbar:

»Vielleicht ist er nicht allein.«

Hätte Lartik nicht wenigstens einen Abend mal auf ein Mädchen verzichten können? War er durch seine Arbeit bei Renault nicht schon erschöpft genug?

Nouchi hatte recht. Stan war ganz sicher: Sein Freund

war zu Hause, auf dem Sofa, oder besser, auf der Matratze, die als Sofa diente, und zwar mit einer Frau! Die beiden hielten wohl gerade den Atem an und hatten dabei nicht einmal ihr Liebesspiel unterbrochen.

»Hör zu, Stéphan ... Das ist das letzte Mal, dass ich komme ... Du musst aufmachen ... Unbedingt, verstehst du?«

Nouchi begann die Treppe hinunterzusteigen. Nach ein paar Minuten sagte sie von unten:

»Komm!«

Hier nun, vor dem Kino Saint-Paul, war es, als ob man eine Tube Zahnpasta ausdrückte – eine dicke Masse quoll heraus, die sich erst allmählich ausdünnte: Männer, Frauen, ganze Familien, deren laute Stimmen durch die Straßenschlucht hallten.

Stan schniefte. Sein Tick hatte ihn schon seit ein paar Minuten wieder gepackt. Er sog plötzlich die Luft heftig durch die Nase ein, die Nasenflügel legten sich an die Nasenwand, und sein Gesicht wirkte dadurch noch hagerer, eingefallener und die Augen noch fiebriger. Für Nouchi war es dann ratsam, ihn nicht anzusehen, so zu tun, als hätte sie nichts bemerkt.

Sie gingen an dem Kino vorbei. Ein paar Häuser weiter blieb Stan stehen. Über endlose Kilometer hatten sie kein einziges geöffnetes Geschäft entdeckt, und nun war da eines, direkt vor ihnen. Ein Süßwarenladen. Es war Mitternacht vorbei. Die Temperatur war unter null gefallen. Die wenigen Passanten eilten im Laufschritt vorbei. Aber dort, hinter dem beschlagenen Schaufenster, war ein

Laden, gemütlich wie der Salon einer alten Jungfer – in der Mitte ein Kachelofen, überall säuberlich angeordnete Bonbonberge, rosafarbene, blassgrüne Pistaziendragees, zarter Karamell, der sicher auf der Zunge zerging, buntes, lustiges Zuckerwerk für Kinder, und hinter der Theke saß eine Frau. Sie strickte und zählte dabei die Maschen; um die Schultern trug sie einen mausgrauen gestrickten Schal.

Nouchi wartete, ohne ein Wort zu sagen. Sie wusste nicht genau, warum Stan stehen geblieben war, warum er hörbar die Luft durch die Nase einzog, warum er ausgerechnet dieses Schaufenster betrachtete und sich seine farblosen Lippen verzogen und die ungepflegten Zähne entblößten.

Schon auf dem Hinweg ins Grenelle-Viertel hatte Nouchi also die Unvorsichtigkeit begangen, von Lartik zu sprechen und vorauszusagen, dass er nicht daheim sein würde.

Wider besseres Wissen, wenn auch bestimmt nicht aus Bosheit, fing sie jetzt wieder damit an.

»Dann hat wenigstens er ein Bett zum Schlafen! – Wie spät ist es, Stan?«

Hatte er etwa eine Uhr? Er besaß doch schon lange keine mehr und auch sonst nichts von Wert, noch nicht einmal einen anständigen Mantel, sondern nur diesen dünnen. Also, was sollte das?

Wütend ging er weiter. Beinahe hätte er vergessen, Holz zu berühren, tat es dann aber doch, verstohlen, zog heftig die Luft ein, während er das Hôtel de Birague betrachtete, eine schäbige, zwielichtige Absteige in der Rue de Birague, die zur Place des Vosges führt.

In manchen Zimmern schliefen sie sogar zu viert oder fünft. Durch die Betätigung eines Summers ging automatisch die Haustür auf. Drinnen im Flur war ein Schiebefenster, und Stan und Nouchi fürchteten nichts so sehr, wie dass es aufgehen könnte.

Am besten witschte man leise daran vorbei, murmelte undeutlich einen Namen und schlich zur Treppe, damit der Besitzer nicht aus seinem Halbschlaf erwachte.

Sie waren bereits am Schiebefenster vorbei, und es hatte sich nicht bewegt. Dafür ging eine Tür auf, und der Besitzer erschien, eine massige Gestalt, so breit wie der Korridor, mit heruntergerutschter Hose und über der behaarten Brust geöffnetem Hemd.

»Wo wollt ihr hin?«

»Aber ... Ich ...«

»Jetzt reicht's! Verduftet!«

»Wir haben doch noch Sachen oben«, wandte Nouchi zaghaft ein.

»Na, wenn schon!«

»Sie können uns doch nicht daran hindern zu holen, was ...«

»Und wie steht's mit der Rechnung? Habt ihr die etwa bezahlt? Na also! Haut ab, aber schleunigst! Ich hab euch lange genug gewarnt. Vielleicht findet sich noch ein Platz bei der Heilsarmee, wenn man euch nicht gleich freie Unterkunft im Kittchen anbietet ...«

Sie hatten sich nur kurz in der Wärme des Korridors

aufgehalten, die wie schlechter Atem roch, und waren dann weitergezogen. Die Bürgersteige waren trocken und hart. Nouchi konnte es nicht lassen, Stan von Zeit zu Zeit prüfend zu mustern, was er merkte. Er wusste genau, was sie dachte, doch er konnte nicht anders. Anstatt sie zu beruhigen, zog er nur geräuschvoll die Luft durch die Nase ein.

Sie gerieten in den Lieferverkehr um die Markthallen, doch sie gingen immer weiter, und Nouchi fragte nicht, wohin.

Es war ein beeindruckendes Bild. Zwischen den einzelnen schwarzen Pavillons hingen bauchige Lampen über den Wegen, wie Sterne, von einem grellweißen Strahlenkranz umgeben, der in die Augen stach, aber kein Licht spendete. Von den alten schmalen Häusern ringsum blätterte der Putz ab, sie waren mit Kritzeleien beschmiert und so windschief wie eine bemalte Theaterkulisse, die sich im Luftzug bauscht.

Lastwagen kamen vorbei, hielten, fuhren weiter. Ein Güterzug, der in Richtung Rue Montmartre unterwegs war, schob sich mitten durch das Bild. Menschen bewegten sich im Zeitlupentempo hin und her, mal im Schatten, mal in dem kalten künstlichen Licht.

Stan blieb erneut stehen. Nouchi ließ seinen Arm nicht los. Beide betrachteten einen riesigen Lastwagen, einen gelb lackierten Zehntonner, auf dessen Seitenwand ein Name, die Ortsbezeichnung *Nantes* und eine Telefonnummer zu lesen waren.

Der Fahrer machte sich im Schein einer Taschenlampe

am Motor zu schaffen, den er mehrmals aufheulen ließ, um irgendetwas einzustellen, wobei das ganze Chassis erzitterte. Unterdessen ging das Entladen weiter. Ein Kohlkopf nach dem anderen kam aus dem Laster geflogen, und ein Clochard, in abenteuerliche Kleidungsstücke eingemummt, unter die er alte Zeitungen gestopft hatte, um sich warm zu halten, fing sie auf.

Man spürte förmlich, wie jeder Kohlkopf, den der Alte auffing, ihn ins Wanken brachte, und konnte sich ausrechnen, dass er früher oder später umfallen würde. Jedes Mal, wenn er einen Kohlkopf gefangen hatte, hielt er kurz inne, ehe er ihn einem hochgewachsenen jungen Mann zuwarf und dieser einem weiteren, der die Köpfe dann fachmännisch auf dem Bürgersteig zu einem ordentlichen Berg aufschichtete.

Keiner beachtete den anderen. Die Kohlköpfe waren fast weiß und mit Eissplittern übersät, an denen man sich die Hände wund reißen konnte.

Es nahm auch keiner Notiz von Stan, der bereits eine gute Viertelstunde unbeweglich danebenstand. Schließlich stieß er wortlos Nouchis Hand, die immer noch auf seinem Arm lag, weg, machte einen Schritt, danach einen zweiten und dritten, bis er zwischen dem Clochard und dem Studenten stand. Dann fing er schüchtern einen Kohlkopf auf, warf ihn weiter und reihte sich so in die Kette ein.

Der Clochard musterte ihn misstrauisch und murrte. Würde nicht jeder weniger Geld bekommen, wenn noch einer dazukam? Der Student runzelte die Stirn, allerdings nicht aus demselben Grund, sondern weil er den nervösen Tick von Stan bemerkt hatte und ihn in einer fremden Sprache, Russisch oder Polnisch, zählen hörte.

»Zweitausenddreihundert ... dreihunderteins ... zwei ... zweitausenddreihundertunddrei ...«

Denn Stan hatte die Anzahl Kohlköpfe errechnet, die bereits aus dem inzwischen halbleeren Wagen entladen worden waren.

»Zweitausendvierhundertzweiundzwanzig ...«

Sie waren dick und schwer, diese Weiß- und Wirsingkohlköpfe. Man hörte den Zug rangieren und seine Waggons an verschiedenen Stellen abkoppeln. Gegenüber wurden in einer engen Bude Tausende von Orangen aufgestapelt, sodass es aussah, als müssten gleich die Wände bersten; überall in der Nähe duftete es nach Orangen.

»Zweitausendfünfhunderteinunddreißig ...«

Hatte er sich da nicht geirrt und einhundert übersprungen?

Der Mann mit den schwarzen Gamaschen, dem kurzen Überzieher mit dem Biberkragen und dem Notizbuch in der Hand, der von Zeit zu Zeit herankam, war das nicht der Chef? Hatte er Stan bemerkt? Wenn er ihn gesehen hatte und weiterarbeiten ließ, dann würde er ihn auch wie die anderen bezahlen.

»Zweitausendsechshundertdreiundachtzig ... vier ... fünf ...«

Eine leise Stimme, ganz nah:

»Stan ...«

Er konnte sich nicht umdrehen, ohne zu riskieren, einen Kohlkopf fallen zu lassen. Er hob kaum den Kopf, aber er begriff. Zwei Männer kamen auf der Straßenmitte heran. Sie unterhielten sich laut und rauchten – bestimmt waren es Polizisten, vielleicht von der Sittenpolizei. Nouchi bedeutete Stan durch ein Zeichen, dass sie kurz weggehen würde.

Wie viel hatte er bis jetzt gezählt? Die Nase des Clochards tropfte, er dachte gar nicht daran, sie abzuwischen. Der Student hatte Wollhandschuhe an. Wahrscheinlich kam er aus einem kleinen Provinznest; Stan wäre jede Wette eingegangen, dass er eine Schwester hatte. Warum? Weil ein solcher Mann eine Schwester haben musste, weiter nichts.

Er ließ die Polizisten nicht aus den Augen, aber das durfte man ihm nicht anmerken. Sie näherten sich, musterten einen nach dem anderen und entfernten sich achselzuckend.

»Dreitausendundeinundfünfzig ... zwei ... drei ...«

Nouchi kam nicht zurück. Sie war nirgends zu sehen. Trotzdem wusste er, dass sie im richtigen Moment wieder auftauchen würde. Die Arbeit wärmte ihn innerlich auf, äußerlich aber fror er immer noch, vor allem an den Händen, die wie abgestorben waren.

Viertausend Kohlköpfe! Der Lastwagen hatte viertausend Kohlköpfe geladen gehabt und würde nun gleich abfahren. Der Fahrer vergewisserte sich, ob alles abgeladen war, knöpfte seine Lederjacke zu, zog die Mütze über die Ohren und schwang sich dann auf den Fahrersitz. Würde er in der nächsten Nacht wieder mit viertausend Kohlköpfen kommen?

Der Chef erschien und gab zuerst dem Clochard zwanzig Franc; offenbar gehörte er zum Stammpersonal.

»Danke, Monsieur Émile.«

Dann musterte er Stan misstrauisch.

»Du hast doch nicht von Anfang an mitgemacht, oder?«

»Ich bin mittendrin dazugekommen …«

»Russe?«

»Pole …«

»Da hast du zehn Franc …«

Stan wartete noch einen Moment auf Nouchi. Sein Fuß stieß auf dem Pflaster an einen Gegenstand, den er aufhob. Ein dicker Schraubenschlüssel. Der Fahrer hatte ihn vergessen, als er sein Werkzeug zusammenpackte. Stan gab ihn nicht zurück, sondern steckte ihn in die Tasche. Es wunderte ihn nicht, als er zehn Meter vom Lastwagen entfernt wieder Nouchis Hand auf seinem Arm spürte.

Wortlos gingen sie die Rue Montmartre entlang, als Nouchi plötzlich fragte:

»Wie viel?«

Er antwortete nicht. Wozu auch? Was konnten sie schon mit zehn Franc anfangen, ohne Dach über dem Kopf, nur mit dem Nötigsten bekleidet und nicht einmal einem Taschentuch?

Lartik hatte nicht reagiert, und Stan war immer mehr davon überzeugt, dass er zu Hause gewesen war und sich vor dem knisternden Ofen mit einem Mädchen vergnügt hatte. Und es lohnte auch nicht den Versuch, Gregor Ignatieff im George V anzurufen. Die Telefonistin hatte ihre Anweisungen und erklärte jedes Mal, er sei ausgegangen.

Als Stan ihm einmal drei Stunden lang vor dem Hotel aufgelauert hatte, bis er ihn endlich herauskommen sah, was hatte Ignatieff da gemacht? Er war zu einem Taxi geeilt, wo ihm ein Page bereits den Schlag aufhielt. Stan war ihm vergeblich nachgejagt.

»Entschuldigen Sie, mein Lieber ... Eine dringende Verabredung ... Kommen Sie doch ein andermal vorbei ...«

Wo denn? Und wann? Der Portier hatte ebenfalls seine Anweisungen!

Und nun?

Nouchi stolperte. Sie bemühte sich nach Kräften, mit Stan Schritt zu halten, trottete aber schließlich nur noch schlapp wie in Trance dahin. Sie erreichten die Grands Boulevards, kamen an einer Apotheke vorbei, die Nachtdienst hatte, und dann zu dem großen Café an der Ecke, das rund um die Uhr geöffnet war.

Stan ging hinein, immer noch mit Nouchi im Schlepptau. Die ganze Theke war von Leuten besetzt, die sich über heiße Getränke beugten. Die beiden zögerten. Nouchi wagte nichts zu sagen. Da sie nicht mehr zum Friseur ging, reichten ihr die Haare bis in den Nacken; sie wirkte dadurch schlanker und ihr Gesicht länger. Sie hatte ihren Regenmantel mit dem Gürtel an, den sie am Broadway in einem Geschäft für Restposten erstanden hatten.

Stan zog heftig die Luft durch die Nase ein und betrachtete alles genau, ehe er seine Wahl traf: die auf einem Drahtuntersatz pyramidenförmig aufgetürmten harten Eier, eine andere Pyramide aus Butterbroten, eine weitere aus Schinkensandwiches.

Er sprach, als sei sein Mund völlig ausgetrocknet.

»Wie viel?«, erkundigte er sich mit einem Blick auf die Eier.

»Zweiunddreißig Sou …«

Er schob seinen Arm zwischen der Schulter einer alten Bettlerin und einem Taxifahrer hindurch. Warum zuckte er zusammen, als er den khakifarbenen Umhang des Fahrers sah? Er nahm zwei Eier.

»Zwei Kaffee …«

»Mit Schnaps?«

Er winkte ab. Die Eier waren genauso kalt wie der Kohl in den Hallen. Ihm war klar, warum Nouchi sich beim Essen zum Fenster wandte: Er sollte nicht sehen, dass sie den Tränen nahe war. Draußen drängten sich schattenhafte Gestalten um ein Kohlenbecken. Neben der Normaluhr, die zehn nach vier zeigte, stand eine lange Reihe von Taxis. Schnee lag in der Luft. Der Kellner machte die Kaffeemaschine sauber und ließ dabei einen Dampfstrahl zischen, wodurch die Fensterscheiben noch mehr beschlugen.

»Was …«

Nein! Was sollte das? Nouchi wollte sagen:

›Was werden wir jetzt tun?‹

Er hatte sehr wohl kapiert. An ihrem Kinn hing ein Bröckchen Eidotter. Sie blies auf ihren Kaffee, um Haltung bemüht.

Na schön! Zehn nach vier. Januar. Im Süden gab es jetzt, lange nach der Weinlese, nichts zu tun; und im Norden ebenso wenig, wo die Rüben längst abgeerntet waren. Es gab nicht einmal Schnee, den man hätte schippen können, und außerdem brauchte man einen gültigen Pass, um von der Stadtverwaltung eingestellt zu werden.

Der Kellner hatte zwei neue Eier in die kleinen Vertiefungen des Drahtuntersetzers gelegt, und die Alte, die vielleicht vor dem Eingang der Nachlokale Zeitungen verkaufte, war mittlerweile beim dritten Schinkenbrot angelangt.

»Hör zu …«

Untereinander sprachen sie Deutsch und mitunter Englisch, denn Stan war Pole – allerdings kein richtiger Pole, es war viel komplizierter – und Nouchi Ungarin.

»Wart hier auf mich …«

Warum schaute sie ihn so an? Was dachte sie? Nouchis verschrecktes Gesicht machte ihn wütend.

»Ich versuch noch mal, Ignatieff zu erwischen.«

Er durfte ihr keine Zeit lassen, Fragen zu stellen. Dann überlegte er es sich anders.

»Falls … sollte ich in zwei Stunden nicht zurück sein … na ja, wenn es hell ist …«

Sie konnte hier nicht ewig bleiben, ohne etwas zu bestellen. Er sah nach draußen. Auf dem Faubourg Montmartre entdeckte er ein Leuchtschild: *Hôtel des Étrangers*.

»Nimm dir dort ein Zimmer … Ich muss unbedingt Geld auftreiben …«

»Stan!«

Nein! Er wollte jetzt nicht reden, ging, ohne ein Wort und ohne sich noch einmal umzudrehen, weg. Er vergaß auch, ihr die Hälfte des restlichen Geldes dazulassen: vier Franc achtzig.

Wahrscheinlich würde sie ihm durchs Fenster nachschauen. Darum tat er so, als würde er sich entfernen, überquerte den Boulevard, kam dann aber auf der gegenüberliegenden Seite zurück und musterte prüfend die Taxis. Beim Ausatmen bildete sich jedes Mal eine kleine Wolke vor seinem Mund, und er fror nach dem Aufenthalt im Café noch mehr.

Er war auch ruhiger geworden, fast zu ruhig. Als wäre er noch nie so klar gewesen, so vorausschauend. Er dachte über vieles nach, ohne die Übersicht zu verlieren. Er erwog das Für und Wider, bedachte die Schwierigkeiten, die Risiken.

Was soll's! Die Würfel waren gefallen! Es hätte keinen Sinn zu zögern, nach etwas anderem zu suchen, denn er wusste genau, dass er unausweichlich zum selben Punkt zurückgelangen würde.

Das hinderte ihn nicht, Vorsichtsmaßnahmen zu ergreifen. Die ersten drei Taxis waren leer, die Fahrer vertraten sich im Gänsemarsch die Füße, schlugen sich, die Arme über Kreuz, in die Seiten und unterhielten sich dabei lautstark.

Der Vierte saß hinter dem Lenkrad und las im Schein der Innenbeleuchtung Zeitung. Es war ein Russe, Stan wusste, dass es ein Russe war, und zuckte die Achseln. Nein! Außerdem stand er zu dicht bei den drei anderen.

Der Fünfte wiederum mit seiner zerbeulten Mütze sah wie einer dieser Strolche aus, die sich in der Umgebung der Nachtlokale herumtrieben und ihre Kunden in obskure Gegenden fuhren.

Stan hatte Zeit. Von weitem konnte er Nouchis Silhouette noch im Café erkennen. An der Ecke stand ein Polizist mit Pelerine, der ihn jedoch nicht beachtete. Das nächste Taxi …

Plötzlich erübrigte sich jede Entscheidung. Vom Boulevard Poissonnière kam ein Taxi, ein Uraltmodell mit einem ebenfalls betagten Fahrer. Er war dick, ganz in seinen Schal eingemummt und hatte einen Schnurrbart, der vermutlich nach Schnaps oder Calvados roch. Er suchte Fahrgäste und fuhr langsamer, als er Stan sah. Der öffnete den Schlag und stieß hervor:

»Nach Versailles! …«

Er war einmal dort gewesen, um bei einer patriotischen Feier Programme zu verkaufen. Über Land bildete der Wald eine Art Blättertunnel. Und die Entfernung war nicht so groß, dass sie einen Taxifahrer abschrecken könnte. Er war nicht der Einzige, der mitten in der Nacht nach Versailles wollte.

Trotzdem schob er die Trennscheibe zur Seite und erklärte:

»Zum Krankenhaus … Ich hab gerade einen Anruf bekommen, dass meine Frau krank ist …«

Der Mann reagierte nicht, schien gar nicht zuzuhören, sondern hielt die Pfeife weiter fest zwischen die Zähne geklemmt, sodass sich sein Seehundschnurrbart hob, und schob die Trennscheibe mit einer automatischen Bewegung wieder zu.

Warum? Stan war schon oft mit dem Taxi gefahren, vor allem in New York. Fast immer hatte er dann die Trennscheibe zur Seite geschoben und sich mit dem Fahrer unterhalten.

Er war verärgert und irgendwie beunruhigt. Er hatte nicht auf den Weg geachtet und wusste nicht, wo sie sich befanden. Er beugte sich vor, schob abermals die Trennscheibe zurück.

»Fahren Sie nicht so schnell ... Ich glaube, wir haben Glatteis ... Vorhin hab ich Ihnen gesagt, dass meine Frau krank ist ... Tatsächlich wurde sie von einem Lastwagen angefahren ...«

Er merkte, dass es zwecklos war, dass seine Worte auf taube Ohren stießen, aber er wollte unbedingt reden.

»Wo ist denn Ihr Krankenhaus?«

»Keine Ahnung ... Man hat mir nur gesagt, im Krankenhaus von Versailles ... Gibt's denn mehrere?«

Der Chauffeur zuckte die Achseln und schob die Trennscheibe wieder zu. Er war mindestens fünfundfünfzig. Vermutlich gehörte ihm der Wagen. Auf dem Beifahrersitz schlief ein kleiner weißer Pinscher mit schwarzen Flecken und einer spitzen Schnauze.

Wenn schon! Stan hatte nicht das leiseste Mitleid. Er fragte sich nur, warum der Dicke mit solcher Beharrlichkeit immer wieder die Trennscheibe zuschob. Er empfand das als Misstrauensbekundung gegen sich und litt irgendwie darunter.

Eben hatten sie eine Brücke überquert, sicher die von Saint-Cloud. Jetzt kam eine Steigung, danach eine Reihe von Villen. Und wenn es nun zwei Strecken gab, die nach Versailles führten? Und wenn eine davon nicht durch den

Wald ging? Wenn der Fahrer sich weigerte zu halten? Der wäre durchaus dazu imstande! Er gehörte zu den Menschen, die immer ihren eigenen Kopf durchsetzen. Es wäre klüger gewesen, sich bei der Wahl des Taxis mehr Zeit zu lassen.

»Sagen Sie mal …«

»Was ist?«

»Hätten Sie vielleicht Feuer?«

Das war idiotisch, denn er hatte ja gar keine Zigaretten.

»Nein!«

Und abermals das harte Geräusch der zugeschobenen Trennscheibe.

Villen! Rechts und links überall nur Villen! Die Straße war beleuchtet! Stan war damals bei Tag durchgefahren und hatte nicht bedacht, dass sie beleuchtet sein könnte. Wenn sie es nur nicht bis zum Ende war!

Wenn sie bis nach Versailles kämen, könnte er nicht bezahlen, und der Chauffeur würde ihn auf dem nächsten Revier abliefern. Dort würden sie seine Papiere verlangen und sofort feststellen, dass er drei Monate zuvor ausgewiesen worden war.

Er saß unbequem. Ihm wurde bewusst, dass er unablässig hin und her rutschte, als er den Blick des Fahrers im Rückspiegel bemerkte. War es möglich, dass man in so kurzer Zeit die ganze Straße entlang Villen gebaut hatte? Sollte er nicht besser sofort handeln? Zum einen waren die meisten Villen im Winter nicht bewohnt. Außerdem ließen sich die Besitzer kaum stören, selbst wenn sie Schreie hörten. Das einzige Risiko bestand darin, dass ein anderes Auto oder ein Lastwagen im falschen Moment vorbeikam.

Die Straße führte bergab. Er würde jetzt die Trennscheibe aufschieben, ein dringendes Bedürfnis vorschützen und den Wagen halten lassen. Er zog die Luft so heftig ein, dass ein pfeifendes Geräusch aus seiner Kehle drang.

Begann der Wagen nicht plötzlich zu schleudern? Der Hund richtete sich unruhig auf. Das Taxi streifte die Böschung und hielt ruckartig. Der Chauffeur stieg aus, trat vor den Wagen, blieb einen Augenblick im Scheinwerferlicht stehen.

»Was ist denn los?«, erkundigte sich Stan und öffnete den Schlag.

»Nichts weiter! Bleiben Sie ruhig sitzen. Reifenpanne. In fünf Minuten erledigt ...«

Damit verschwand er aus dem Blickfeld, und Stan hörte ihn hinten im Werkzeugkasten herumkramen.

Ein Tankwagen fuhr vorbei, danach ein schnelles Auto, dann nichts mehr.

Stan stieg aus, näherte sich dem Mann, der sich über den Wagenheber beugte, und überlegte nicht mehr, zögerte nicht, sondern schlug sofort zu, um es hinter sich zu haben. Er hatte alle seine Kräfte zusammengenommen. Der Schraubenschlüssel war schwer. Trotz des Käppis hörte er ihn auf dem Schädel aufkrachen.

Er verharrte, die Waffe in der herabhängenden Hand, und sah, wie der Chauffeur sich umwandte, als sei nichts geschehen. Es war unfassbar. Da hatte er nun diesen

Schlag abbekommen, und das machte ihm nicht mehr aus, als wenn es ein Luftballon gewesen wäre. Ganz ruhig richtete er sich auf. Aber würde er nicht gleich umkippen, wie es bei Verletzten passiert?

»Dreckiges Schwein!«

Er kniff die Augen zusammen, befahl seinem Hund:

»Ruhig, Tommy!«

Denn der Hund kläffte im Wagen, so laut er konnte.

»Du Mistkerl ...«

Stan ließ alles über sich ergehen. Er kam gar nicht auf den Gedanken, sich zu verteidigen. Seine Knie zitterten. Er hob den Arm wie ein Kind, das eine Tracht Prügel erwartet. Trotzdem traf ihn der erste Faustschlag mitten ins Gesicht, auf die Nase, dann noch einer und noch einer, und er hörte sich stammeln:

»Verzeihung ...«

»Ich hab mir doch gleich gedacht, dass du ein mieser kleiner Ganove bist ...«

Blut schoss hervor. Ein Auto fuhr vorbei, ohne die Geschwindigkeit zu drosseln. Der Chauffeur hatte jetzt genug und warf den Schraubenschlüssel, den er Stan aus der Hand gerissen hatte, in den Graben.

»Komm her! ... Bück dich ... Dreh den Wagenheber, damit du wenigstens zu etwas gut bist ...«

Er gehorchte. Er hätte gern sein Gesicht betastet, traute sich aber nicht, die Kurbel des Wagenhebers loszulassen.

»Woher bist du? Tscheche? ... Jugoslawe? ...«

Stan merkte nicht einmal, dass er weinte, vor Demütigung und vor Wut. Und er antwortete folgsam:

»Aus Wilna ...«

»Aha!«, machte der andere, als wisse er, wo das liegt. »Schraub jetzt das Rad ab ... Und versuch ja keine Tricks ... Ungeziefer wie dich sollte man ...«

Er hatte sich kurz entfernt, um den Ersatzreifen zu holen, und Stan warf sich in den Graben, kletterte auf allen vieren an der anderen Seite die Böschung hoch. Er rannte durch einen Wald. Er hörte den Hund kläffen und hatte Angst, dass der Fahrer den Hund auf ihn gehetzt hatte.

Er keuchte, stolperte über Baumstümpfe und herumliegende Baumstämme. Er führte Selbstgespräche, stammelte unzusammenhängende Worte, abwechselnd auf Deutsch und Polnisch.

»Man sollte ... Und wenn schon! ... Ich ... Autsch! ...«

Er hatte sich in einem Stacheldraht verfangen und riss sich gewaltsam los, voller Panik, weil er glaubte, überall zu bluten. Wo war er bloß? In einem Park. Er tappte herum, fand nicht heraus, erschrak jedes Mal, wenn er die Mauern eines Hauses – immer desselben – sah.

Er war im Begriff, sich ein für alle Mal hinzulegen, gleichgültig wo, auf der Stelle.

Das ging stundenlang so. Eine Straße, aber nicht die, auf der er mit dem Taxi gekommen war, und nicht beleuchtet. Ein Dorf, das wie ein echtes Dorf aussah, ein Bahnhof und Dampflokomotiven.

Dann die Seine. Das konnte nur die Seine sein. Und schließlich, auf einem kleinen Platz, ein erleuchtetes Café und davor ein Autobus, in den Leute einstiegen.

Er stieg ebenfalls ein. Alle schauten ihn an. Er fragte

sich, wie er wohl aussehen mochte. Dem Schaffner gegenüber fühlte er sich zu einer Erklärung genötigt:

»Ich bin von einem Auto angefahren worden …«

Die anderen Fahrgäste mit ihrem normalen, alltäglichen Leben musterten ihn misstrauisch. Eigentlich war es kein Misstrauen. Sie betrachteten ihn wie einen Fremden, nicht nur fremd in ihrem Land, sondern ihnen in seiner ganzen Wesensart fremd. Ein kleines Mädchen mit weißer Plüschmütze schmiegte sich enger an seine Mutter und starrte ihn mit weit aufgerissenen Augen an. Eine Frau hatte einen Einkaufskorb auf den Knien, in dem ein Huhn gackerte.

Es war noch nicht Tag. Stan wusste nicht, wie spät es war. Sie kamen nach Paris. Er sah die Seine wieder, erkannte den Louvre, wo alle ausstiegen.

Er eilte in Richtung Rue Montmartre. Wie ein Verrückter stürzte er in das Café, in dem er Nouchi zurückgelassen hatte, und fand sie nicht.

Ohne weiter zu fragen, hastete er ebenso schnell wieder hinaus und überquerte den Boulevard.

Die Uhr zeigte sieben. Der Tag war nicht mehr fern. Der Himmel färbte sich aschgrau. Nur noch drei Taxis warteten am Taxistand.

Auf einem riesigen Fußabstreifer stand mit roten Buchstaben *Hôtel des Étrangers.*

»Mademoiselle Kersten? …«, fragte er.

»Wie bitte?«

»Sie muss heute Morgen ein Zimmer genommen haben …«

»Nicht dass ich wüsste! …«

Trotzdem machte sich der Mann die Mühe, das Gästebuch durchzublättern.

»Heute Morgen ist niemand angekommen. Hier ist sie nicht …«

Die Straßen belebten sich. Rollläden wurden geräuschvoll hochgezogen. Vor den Geschäften hielten Lieferwagen. Stan besaß noch zwei Franc.

Die Bürgersteige schimmerten in kreidigem Weiß. In den Kneipen blieben die Lampen an, trotz des anbrechenden Tages. Stan ging weiter. Er grübelte. Ärgerliche Gedanken schossen ihm durch den Kopf. Er kniff die Nasenflügel zusammen und ballte die Fäuste. Nicht einmal auf eine Bank konnte er sich setzen, ohne aufzufallen und befürchten zu müssen, dass ein beliebiger Polizist ihn sofort nach seinen Papieren fragte!

Wenn doch nur Lartik in der Nacht vorher aufgemacht hätte! … Oder wenn sie wenigstens etwas früher zu ihm gegangen wären, als noch Licht bei ihm brannte, dann hätte er wohl oder übel öffnen müssen …

Wer weiß, ob Nouchi nicht bei einer Razzia aufgegriffen worden war? In diesem Fall befand sie sich jetzt mit vielen anderen Mädchen in Polizeigewahrsam. Dort müsste sie sich ganz ausziehen. Man würde sie gründlich untersuchen. Und dann gab es zwei Möglichkeiten: Entweder entließ man sie gegen elf Uhr, oder man behielt sie zur Beobachtung da. Vermutlich würde man sie dabehalten, weil sie keinen festen Wohnsitz hatte! Zum Glück waren wenigstens ihre Papiere in Ordnung! Aber wie sollten sie sich wiederfinden? Würde sie in jedem Fall zum Hôtel des Étrangers gehen?

Er war jetzt an der Place de l'Opéra, und Menschen, die noch nach Bett und Seife rochen, strömten aus den Metroschächten. Sie alle hatten in einem Bett schlafen dürfen! Ein neuer Tag brach an, aber für ihn war es immer noch der alte. Ein zierliches junges Mädchen, sicher eine Verkäuferin, hatte einen kirschroten Hut auf. Der Taxifahrer mit dem Hund würde jetzt wohl seiner Frau beim Frühstück alles haarklein erzählen …

Warum war Frida Stavitskaja so misstrauisch gewesen? Sie hatte ihn wie jemanden behandelt, zu dem man kein Vertrauen haben kann, den man gar nicht als Menschen ansieht. Hatte ihm sonst was erzählt. Verachtete ihn. Doch was tun?

Was nützte es ihm, geräuschvoll atmend durch die Straßen zu irren und drohend um sich zu blicken? Passanten drehten sich nach ihm um, Leute, die ausgeschlafen und satt waren, die frische Wäsche angezogen hatten, Männer, die sich rasiert hatten, während sein Bart bereits drei Tage alt war. Und diese Leute bildeten eine geschlossene Einheit, fühlten sich sicher, geborgen, weil sie alle aus demselben Land stammten und gültige Papiere besaßen, Papiere, die ihnen Rechte gaben, das Recht zu arbeiten, sich frei zu bewegen, sich hinzusetzen, aufzustehen, den Polizisten um eine Auskunft zu bitten!

Es war kurz vor neun. Besser, er wartete bis einige Minuten nach neun. Er war im Kreis gelaufen, ohne das Viertel um die Rue Montmartre und die Opéra Garnier zu verlassen. Auf einem blauen Schild las er: *Rue des Petits-Champs*. In der Straße drängten sich randvoll mit Waren beladene Lastwagen. Auf den Bürgersteigen wimmelte es von Menschen, sodass man dort kaum durchkam, und alle hatten es eilig. Ein Polizist pfiff. Autos hupten. Kisten und Körbe voller Flaschen wurden geschleppt, Bierfässer in den Keller eines Cafés gerollt.

Zuerst vergewisserte er sich, dass es ein Telefon gab. Das stand draußen auf der Fensterscheibe angeschrieben. Er trat ein, und schon befand er sich in einer anderen Welt. An der Decke hingen Schinken und Würste, und hinten gab es ein kleines Büfett. Kleinstadtatmosphäre, ein Wirt mit blauer Schürze und tiefschwarzem, fast bläulich schimmerndem Schnurrbart, der einen starken Rotweingeruch verströmte. Ein Eisenbahner mit Dienstmütze aß ein Wurstbrot.

Stan bestellte Wein.

Er konnte ihn nicht bezahlen, und wenn schon! Genauer gesagt, er konnte nicht beides bezahlen, den Wein und das Telefonieren.

»Kann ich mal telefonieren?«

»Warten Sie, ich gebe Ihnen eine Münze …«

Er ging in die Kabine. Von hier sah man in die Küche, wo eine Frau den Boden schrubbte.

»Hallo! … Sûreté Nationale? … Ich hätte gern Inspektor Mizeri gesprochen … Ja … Wer am Apparat ist? … Sagen Sie ihm, jemand, den er kennt …«

Er öffnete die Tür einen Spaltbreit, um sich zu vergewissern, dass ihn niemand belauschte. Der Wirt sagte ruhig, während er Wein von einer Flasche in die andere umfüllte:

»Wer losschlägt, muss auch einstecken können! …«

2

Beruhigen Sie sich doch! Wir versuchen eine Verbindung zu bekommen!«

Er schwieg. Während er, von der Umwelt abgeschnitten, in der engen Kabine stand, zog er geräuschvoll die Luft durch die Nase ein. Schweiß stand ihm auf der Stirn. Er hörte sie am anderen Ende der Leitung im Hintergrund: mehrere Frauen, mehrere junge Mädchen. Sie waren wohl gerade gekommen, begrüßten sich, setzten die Hüte ab, nahmen vor ihrem Pult Platz.

Die Telefonistin, die sich eigentlich hätte um Stan kümmern sollen, fragte halblaut:

»Bis wann hat es gedauert?«

Da schaltete er sich aus seiner engen Kabine ein:

»Hallo, Mademoiselle ... Kommt Inspektor Mizeri gewöhnlich um neun? ... Hallo! ... Vielleicht hat er in bestimmten Wochen Nachtdienst? ... Hallo! ... Oder er ist dienstlich unterwegs ...«

Zwecklos. Aber er ging den Dingen nun mal gerne auf den Grund. Unglücklich stand er da, den Hörer in der Hand, und versuchte vergeblich, seine Sorgen einem jungen Mädchen mitzuteilen, das sich womöglich im selben Augenblick die Lippen schminkte.

»Seine Kollegen müssen es doch wissen! Hören Sie:

Es ist ausgeschlossen, dass um neun Uhr niemand in der Sûreté Na …«

Doch sie wiederholte nur gleichgültig:

»Beruhigen Sie sich doch! Wir versuchen eine Verbindung zu bekommen!«

Wie versuchte sie es denn, wenn er nicht einmal das Klicken beim Umstöpseln der Leitungen hörte, das beim Durchstellen in verschiedene Büros üblich ist? Wenn sie nun antwortete:

›Er ist nicht im Haus …‹

Und …

»Hallo! Wer ist am Apparat?«

Am liebsten hätte er sich mit aller Kraft auf den Mann gestürzt, dessen Stimme er da hörte, und sich an ihn geklammert.

»Inspektor Mizeri?«

»Ja …«

»Hallo … Hören Sie … Bitte hängen Sie nicht ein, Herr Inspektor … Es ist sehr, sehr wichtig … Es ist von allergrößter Wichtigkeit …«

Noch nie hatte er einen so starken Akzent gehabt, und zu allem Überfluss fielen ihm bestimmte Worte nur auf Polnisch oder Deutsch ein.

»Hallo! … Ich kann Ihnen am Telefon meinen Namen nicht sagen … Sie kennen mich aber … Ich werde Ihnen alles erklären …«

»In Ordnung! Kommen Sie her …«

»Hallo! Hallo! Herr Inspektor … Ich kann nicht zu Ihnen kommen, unmöglich … Niemand darf wissen, dass ich Sie ... Also, Sie müssten ... Hallo! Herr Inspektor ...« Es hörte sich an wie ein Hilfeschrei.

»Was ist denn?«

»Ach, Gott sei Dank ... Ich dachte schon, die Leitung wäre unterbrochen ... Ich belästige Sie nicht etwa wegen nichts und wieder nichts ... Was ich Ihnen zu sagen habe, kann für Ihre Karriere entscheidend sein ... Sie haben doch von der Polenbande gehört, nicht wahr? ... Hallo! ...«

Er hätte sich gern vergewissert, dass niemand an der Kabinentür lauschte, wagte aber nicht, den Hörer auch nur eine Sekunde aus der Hand zu legen.

»Wenn Sie vielleicht herkommen könnten ... Wo ich bin? ... Ecke Rue des Petits-Champs und einer Straße, die auf die Bouffes-Parisiens führt ... Wie sie heißt, weiß ich nicht ... Was sagten Sie? ... Nein! Nicht erst am Nachmittag ... Warten Sie! ... Hallo! ... Legen Sie noch nicht auf ... Es ist schwer zu erklären ... Ich habe Scherereien gehabt und brauche Geld ...«

Er improvisierte. Bisher hatte er an alles gedacht, nur nicht an die Höhe der Summe.

»Fünftausend! ... Vergessen Sie nicht, Herr Inspektor ... Hallo! ...«

Eingehängt! Ihn erfasste ein Zittern, ja, er war kurz davor, in Tränen auszubrechen. Dann hängte er langsam den Hörer ein, wobei sich ebenso langsam ein zufriedener Ausdruck auf seinem Gesicht breitmachte. Er öffnete die Tür der Kabine. Während er in die Gaststube zurückging, empfand er das Bedürfnis, laut zu verkünden:

»Ich erwarte einen Freund ...«

Ihm fiel auf, dass der Wirt allein hinter der Theke stand und wie schummrig es im Lokal war, ein Gasthaus wie auf dem Land – wie im Berry oder dem Bourbonnais –, das hier, mitten in Paris, irgendwie verloren wirkte. Es führte eine Stufe zum Lokal hinunter. Der Boden war rot gekachelt, die Balken an der Decke waren unverputzt.

Angenommen, er hätte einen Revolver …

›Her mit der Kasse, aber schnell!‹

Und schon hätte der Wirt sie herausgerückt! Gerade eben hatte Stan mehrere Hundertfrancscheine bemerkt, vielleicht lagen darunter auch Tausender. Draußen dann wäre er in der Menge mühelos untergetaucht …

Und mit einem Auto …

Er machte das nicht absichtlich. Er konnte einfach nicht anders. Sobald er jemanden sah, dachte er automatisch an dessen Geld, und sein Gehirn begann zu rattern. Er entwarf Pläne, machte Einwände, verwarf sie …

Er war hochintelligent. Wenn er in dieser Nacht aufgegeben hatte, so aus freien Stücken. Taxifahrer brachten so gut wie nichts ein, weil sie selten mehr als hundertfünfzig bis zweihundert Franc in der Tasche hatten. Er hätte sich weiter als bis nach Versailles chauffieren lassen sollen. Er hätte sich unter einem plausiblen Vorwand sogar auf dem Beifahrersitz breitmachen können. Er war einfach nur zu müde gewesen und hatte in vierundzwanzig Stunden nur ein hartes Ei gegessen.

Er setzte sich nicht. Der Wirt folgte ihm mit dem Blick, und Stan war schlau genug, um zu merken, dass er neugierig und beunruhigt beobachtet wurde.

»Geben Sie mir … Warten Sie! … Was ist denn das da?«

»*Saucisson de campagne.*«

»Mit Knoblauch?«

»Ein bisschen schon …«

»Und das?«

»*Rillons …*«

Der Gedanke, etwas zu essen, war ihm plötzlich gekommen – so viel zu essen, wie er nur hinunterbekommen konnte. Der Inspektor würde kommen. Er hatte kein Recht, ihn hier sitzenzulassen. Der würde bezahlen!

Stan wurde von einem Schwindel erfasst, den er mühsam zu unterdrücken versuchte. Er musste etwas essen, und wenn schon, dann auch gleich etwas Besonderes.

»Und das da?«

»*Andouille …*«

»Was ist denn das?«

»Na, eben *andouille* – Schlackwurst! …«

»Schneiden Sie mir ein Stückchen zum Kosten ab … Danke … Schmeckt sehr gut … Geben Sie mir *andouille* … Mit Brot … Und eine Flasche Wein …«

Er zitterte. Draußen auf der grauen Straße sah er Schatten vorbeihuschen, Lastwagen vorbeifahren. Er nahm Teller, Brot und Flasche, trug alles zu einem Tisch nahe beim Fenster und setzte sich.

Ob sich Nouchi wohl etwas zu essen hatte verschaffen können? Er dachte nach. Doch selbst die Vorstellung, ihr könnte ein Unfall zugestoßen sein, sie sei von einem Autobus angefahren worden, trübte seine Freude am Essen nicht.

»Noch etwas *andouille* ...«, sagte er mit vollem Mund zum Wirt.

Er hatte Zeit und schlang dennoch sein Essen hinunter – ohne die Kreuzung, auf der Inspektor Mizeri auftauchen würde, aus den Augen zu lassen.

Ein junger Mann kletterte aus einem Lieferwagen, öffnete die Türen und schleppte einen Stapel riesiger Bauernbrote in die Kneipe.

»Guten Morgen! ...«, warf er in die Runde und marschierte zielstrebig nach hinten.

»Guten Morgen! ...«, erwiderte der Wirt, während er ein Glas Wein einschenkte.

Es war jeden Tag dasselbe, zur gleichen Stunde, zwischen ihnen erübrigte sich gewissermaßen jedes weitere Wort.

»Zum Wohl!«

Der Wirt nahm die Rechnung, spießte sie auf den Nagel am Büfett.

»Wiedersehen!«

Was es doch für Leute gab! Selbst diejenigen, die wie Herumtreiber aussahen, gingen zielstrebig die Straße entlang!

»Schneiden Sie mir noch ein paar Scheiben ab ...«

Er war nicht mehr hungrig. Er hatte geglaubt, mühelos ein halbes Brot hinunterzubringen, doch schon nach zwei Scheiben lag es ihm wie ein Klumpen im Magen. Er aß nur noch *andouille,* fest entschlossen, ordentlich zuzulangen. Die Flasche Rotwein hatte er mehr als zur Hälfte geleert. Wenn er weitertrank, würde er betrunken, das spürte er.

Es wäre besser, für das Gespräch mit dem Inspektor nüchtern zu bleiben.

Obwohl er das genau wusste, bestellte er sich eine zweite Flasche.

»Jeanne!«, rief der Wirt.

Das war die Alte aus der Küche, bestimmt seine Frau. Stan sah, dass der Wirt bereits zu Schiefertafel und Kreide gegriffen hatte, ohne ihr auch nur eine Frage zu stellen.

»Ich hab Porree in Öl und rote Bete ... Dann *fricandeau* mit Sauerampfer ... Heute früh gab's kein Gemüse ...«

»Nudeln?«, schlug er vor.

»Nudeln ...«, stimmte sie zu.

Sie betrachtete Stan gleichgültig, wunderte sich lediglich über die viele Wurstpelle auf dem Tisch und wechselte einen Blick mit ihrem Mann.

Verdammt! Er wurde schläfrig! Seit wie viel Stunden hatte er nicht mehr geschlafen? Hatte er die Kreuzung wirklich keinen Moment aus den Augen gelassen? Wenn nun der Inspektor gekommen und wieder gegangen war?

Wieder einmal hatte er das Ganze falsch angepackt. Doch da er sich dessen bewusst war, war es auch egal. Es war keine Schande. Zum Beispiel hatte der Inspektor bestimmt sofort zurückverfolgt, woher der Anruf gekommen war. Stan hätte von einem Ort aus telefonieren und sich dann sofort in ein anderes Viertel verziehen sollen.

So konnte Mizeri jeden Moment mit zwei oder drei Männern hier auftauchen, ihn am Kragen packen und abführen.

Ja, Stan hätte noch weitere Vorsichtsmaßnahmen ergreifen müssen, und selbst dann …

Unruhig erkundigte er sich:

»Haben Sie Zigaretten?«

»Nur Gauloises …«

Warum zögerte er, Zigaretten zu bestellen, weil er kein Geld in der Tasche hatte, während er beim Essen und Trinken keine Hemmungen gehabt hatte?

»Ja, gerne! Ich zahl dann alles zusammen …«

Idiot! Der Wirt stutzte, das war der beste Beweis. Er selber hatte ihm Grund zu der Annahme gegeben, er könnte nicht gleich bezahlen. Wenn er sich von jetzt an in die Nähe der Tür wagte, würde der Schankwirt sofort glauben, er wolle ihn um die Zeche prellen.

Und wenn der Inspektor nun nicht käme? In der Küche hörte man Zwiebeln brutzeln, wohl für das *fricandeau.* Im Lokal roch es nun davon noch würziger.

Wenn er statt der Pauschalsumme von fünftausend Franc lieber pro Nase fünftausend verlangte? Und wenn er obendrein Frida warnte und dafür noch etwas von ihr kassierte?

Der Wirt deckte mit Papiertischtüchern, stellte umgedrehte Weingläser, Menagen, Salzfässer auf die Tische.

»Da ist er!«, rief Stan plötzlich.

Ganz unvermittelt stand er da. Direkt an der Straßenecke, ein hellbeiger, fast gelber Trenchcoat: Inspektor Mizeri, klein, mager, dunkel, die zierlichen Füße in Schuhen mit dicken Absätzen, um den Hals einen roten Schal!

Der Wirt, zwei Gläser in der Hand, hatte sich umgedreht. Er sollte ja nicht auf den Gedanken kommen, Stan wolle sich womöglich aus dem Staub machen!

»Er ist Beamter im Ministerium …«, erklärte Stan, während er die Tür öffnete. »He! … Monsieur Mizeri! …«

Er musste sich mit Reden zurückhalten. Zahllose Gedanken, ein Schwall von Sätzen in allen möglichen Sprachen, schossen ihm durch den Kopf. Fahrig und nervös zeigte er dem Inspektor, der die Hände in den Taschen behielt, seinen Tisch, versuchte zu lächeln, stammelte:

»Erkennen Sie mich wieder? Ich wette, Sie haben meine Stimme am Telefon nicht erkannt … Es wundert Sie, mich in Paris wiederzusehen, nicht wahr? … Ich werde es Ihnen erklären … Was trinken Sie?«

Der Inspektor hatte die Krempe seines kleinen grauen Huts wie amerikanische Gangster tief ins Gesicht gezogen. Er war Korse. Der dicke Brillant an seinem Ring konnte nicht echt sein. Er zündete sich eine Zigarette an.

»Einen kleinen Pastis, bitte!«

Er schnitt Grimassen, nicht nur wegen des Zigarettenrauchs, sondern weil das eine Masche, eine Angewohnheit von ihm war. Dabei tat er so, als interessiere ihn Stan überhaupt nicht.

»Ich hab sofort an Sie gedacht, denn Sie waren sehr nett zu mir … Als Sie uns zur Grenze gebracht haben, drei Monate ist das jetzt her, da haben Sie uns sogar das Bier im Straßburger Bahnhof bezahlt … Erinnern Sie sich? …«

Er bettelte förmlich um Anerkennung, gleich welcher Art. Er lächelte gezwungen, fasste sich gedankenverloren an die Nase.

»Mir ist etwas zugestoßen! ... Das erzähl ich Ihnen später ... Ich hab mir gesagt: Der Inspektor ist so großzügig gewesen, ihn will ich in das Ganze einweihen ...«

Er redete zu viel. Er war betrunken und merkte das auch plötzlich, versuchte sich zu bremsen. Verständnisheischend zwinkerte er dem Inspektor zu.

»Es geht um einen großen Fisch, verstehen Sie? ... Einen ganz fetten Brocken! ... Die Regierung gäbe eine Menge darum, mit der Polenbande aufzuräumen, da bin ich sicher ... Ich habe gleich geahnt, wer dahintersteckt, schon damals, als sie den ersten Bauernhof überfallen haben und ich davon in der Zeitung gelesen habe ... Sie müssen wissen, ich war vor vier Jahren in Amerika, und damals hat dort eine Serie von Überfällen nach demselben Muster begonnen ... Und das ist noch nicht alles! ... Es reicht noch viel weiter zurück ...«

Plötzlich hatte er Angst, ohne jeden Grund. Da saß er nun, ertrank in seinem eigenen Redeschwall und suchte wieder festen Boden. Zu allem Überfluss hatte er offenbar eine unvorsichtige Bewegung gemacht, denn seine Nase blutete wieder. Beim Sprechen beugte er sich vor und ließ den Wirt nicht aus den Augen, der hinter der Theke Wurstscheiben auf kleine Platten anrichtete.

»Geben Sie zu, dass die Polizei ratlos ist! Die sind gerissen! Nicht mal in Amerika hat man ihnen jemals was nachweisen können. Deshalb durften sie auch ohne weiteres nach Frankreich ausreisen ...«

»Sie sind also in Paris?«, erkundigte sich der Inspektor ruhig.

Sollte Stan das bejahen oder sich lieber vorher absichern?

»Hör gut zu! Es bringt gar nichts, wenn du dich hier aufspielst! Der Ausweisungsbeschluss gegen dich besteht nach wie vor, kapiert? Wo hast du deine Kleine gelassen?«

»Keine Ahnung.«

Zum ersten Mal sagte er die reine Wahrheit ... Doch gerade das ließ den Inspektor aufhorchen.

»Sie ist nicht mehr bei dir?«

»Ich erklär es Ihnen sofort. Es ist ziemlich kompliziert ... Aber vielleicht finde ich sie ja gleich wieder? ... Vielleicht führen Sie mich zu ihr zurück? ...«

Er durfte sich nicht zu unterwürfig benehmen.

»Zuerst das Geschäft! ... Sie müssen zugeben, dass es fünftausend wert ist ...«

»Wo sind sie?«

»Wer?«

»Deine Polen ... Versuch ja nicht, mich an der Nase herumzuführen, sonst loch ich dich sofort ein ...«

»Sie sind nicht gerecht, Herr Inspektor ... Ich bin ehrlich und offen ... Ich sage Ihnen: Man hat mich ausgewiesen, aber ich konnte nirgendwohin ... Also hab ich's gemacht wie alle anderen und bin zurückgekommen ... Was verlange ich denn schon? ... In einem stillen Winkel zu leben und zu arbeiten, mehr nicht ... Oder hab ich etwa nicht gearbeitet, als Sie mich in Capestang verhaftet haben? ... Na also! ... Was hab ich dort getan? ... Ich hatte mich bei der Weinlese verdingt ... Eine schwere Arbeit, das wissen Sie ... Davor hab ich Rüben gehackt ...

Und nun hab ich mir gesagt: Wenn der Inspektor dir eine Arbeitsgenehmigung verschafft und dir ein bisschen was gibt, zum Beispiel fünftausend Franc, dann wär's vorbei mit den Scherereien ...«

»Und du bist bereit, sie dafür zu verpfeifen!«

»Wen ... Wofür?«

»Na, deine Polen natürlich!«

»Sie verstehen mich nicht, oder vielmehr, Sie verstehen ganz gut, aber Sie tun so, als ob ... Wenn ich rede und Sie mich danach wieder zur Grenze bringen ...«

Er hätte es lassen sollen, tat es aber trotzdem: Noch zweimal leerte er sein Glas, und das Blut stieg ihm zu Kopf.

»Wie viel Menschen haben sie umgebracht? Allein in Frankreich! Sechs? ... Acht? ... Eben! Für fünftausend Franc können Sie ihnen das Handwerk legen, und mir geben Sie Brot ...«

»Du bist Pole?«

»Das wissen Sie doch genauso gut wie ich! Ich bin in Wilna geboren. Also war ich vor dem Krieg Russe. Danach waren wir Litauer ... Die Polen sind gekommen, aber eigentlich sind wir immer noch Litauer ... Als Student war ich in eine Schlägerei mit Offizieren verwickelt, deshalb musste ich ... Hören Sie, Herr Inspektor! ... Sie müssen das verstehen, unbedingt ... Ich hab in Berlin gelebt, in Monte Carlo, in Paris, in New York ... Und jetzt ...«

Der Wein war schuld – ihm kamen die Tränen.

»Sie müssen mir helfen ... Hören Sie! Ich gestehe

Ihnen jetzt freiwillig etwas, was ich Ihnen gar nicht sagen sollte … Aber ich weiß, Sie verraten mich nicht … Heute Nacht …«

Zum Innehalten war es zu spät. Er zog die Luft durch die Nase ein und hatte dabei das Gefühl, in einen Abgrund zu gleiten, was seltsamerweise fast ein Genuss war. Er beugte sich vor. Seine Augen wurden glasig. Wenn Nouchi jetzt hereingekommen wäre, hätte sie schon in der Tür alles begriffen, ein Blick hätte genügt.

»In unserem Hotel haben sie uns vor die Tür gesetzt, weil wir nicht mehr zahlen konnten … Was soll man denn machen, wenn man keine Arbeitsgenehmigung hat, vor allem im Winter? … Ich hab Kohlköpfe am Markt ausgeladen … Zehn Franc hab ich dafür gekriegt … Ich hab ein hartes Ei gegessen …«

Dieses harte Ei bekam plötzlich eine ungeahnte Bedeutung. Beim Gedanken daran zerfloss Stan vor Selbstmitleid.

»Es war kalt … Nouchi fror auch, sagte aber kein Wort … Nie hat sie was gesagt, und dabei war ihr Vater einer der reichsten Rechtsanwälte in Budapest … Mein Vater war Lehrer … Na ja, heute Nacht wusste ich eben nicht mehr weiter, und da bin ich auf einen Taxifahrer losgegangen … Sehen Sie, ich hab Vertrauen zu Ihnen! … Sie könnten mich ins Gefängnis werfen, auch wenn Sie keinerlei Beweis haben …«

Das war ihm klar, trotz Fieber und Wein!

»Es hat nicht geklappt, und ich frage mich, ob das nicht meine Absicht war … Ich habe selbst die Prügel eingesteckt … Er hat mich sogar gezwungen, das Reserverad zu montieren! … Kaum zu glauben! … Und jetzt bitte ich Sie um fünftausend Franc … Was ist das schon für die französische Regierung? …«

Seine Augen glänzten. Eben waren ihm die überzeugenden Argumente eingefallen.

»Wenn ich sie nicht kriege, was passiert dann? Womöglich bringen Sie mich wieder zur Grenze, und schon das ist teuer … Ich komme zurück, weil ich nirgendwohin kann … Sie werden mich nicht gleich erwischen … In der Zwischenzeit muss ich irgendwas tun, vielleicht jemanden umbringen, vielleicht auch mehrere … Wenn Sie mich festnehmen, müssen Sie mich im Gefängnis verpflegen, mir den Prozess machen … Kostet das alles nicht mehr als fünftausend Franc? …«

Die Zahl hypnotisierte ihn förmlich. Eine Stunde zuvor hatte er sie in der Telefonkabine aus der Luft gegriffen, er hätte genauso gut zweitausend oder zehntausend sagen können. Aber nein, er war auf fünftausend gekommen! Daran hielt er fest! In dieser Zahl lag von jetzt an seine ganze Zukunft beschlossen, von ihr hing sein Überleben ab.

Sie sollten ihm diese fünftausend Franc geben, und damit hätte alles Pech, aller Ärger ein Ende. Davon war er felsenfest überzeugt!

»In Amerika hab ich selber erlebt, dass für das Gleiche bis zu zehntausend Dollar geboten wurden! Ich weiß, dass Sie eine Sonderkasse haben! Die gibt’s in allen Ländern. Bedenken Sie, was ich dabei riskiere …«

Der Inspektor, der sein Zigarettenetui vor sich auf den Tisch gelegt hatte, hörte geduldig zu, ohne anzubeißen.

»Schieß los, Stan … Sind deine Polen in Paris?«

Er wollte das nicht beantworten, bevor er das Geld nicht hatte.

»Wenn sie in Paris sind, geht mich das Ganze nämlich nichts an. Das ist Sache der Kriminalpolizei …«

Das war ein harter Schlag für Stan.

»Und was weiter?«

»Du brauchst dich nur an den Quai des Orfèvres zu wenden, weiter nichts …«

»Werden die mir die fünftausend Franc geben?«

»Das ist deren Sache … Ich …«

Er wollte aufstehen.

»So warten Sie doch, Herr Inspektor! … Das geht doch nicht … Es muss doch einen Weg geben, sich zu verständigen …«

Vor allem durfte er ihn jetzt nicht entkommen lassen. Um ein Haar hätte er ihn am Ärmel festgehalten.

»Hören Sie! … Ich hab nur noch einen Franc achtzig in der Tasche … Das Telefongespräch ist nicht bezahlt und mein Essen auch nicht … Bedenken Sie doch! … Wer die Polen verhaftet, der wird befördert werden, geehrt, sein Bild wird in den Zeitungen erscheinen … Wenn Sie nun an meiner Stelle zum Quai des Orfèvres gingen, Sie verstehen schon?«

»Ich denke, ich bring dich auf dem direkten Weg dorthin.«

»Aber das geht doch nicht! Ich will nicht! Sie haben mir was ganz anderes versprochen!«

»Gar nichts hab ich dir versprochen, merk dir das!«

»Ich hab Ihnen am Telefon gesagt …«

»Wie heißen sie?«

»Wer?«

»Die Polen.«

»Die Namen weiß ich nicht.«

»Na, siehst du!«

»Aber ich kenne sie doch! Ich schwöre Ihnen, dass ich sie kenne! Und ich weiß wenigstens den Namen der Frau …«

»Ist da eine Frau dabei?«

»Sie ist diejenige, die … Sie lassen sich das alles doch nicht ohne Gegenleistung erzählen? … Das ist nicht fair, Herr Inspektor … Sie nutzen es aus, dass ich unbedingt Geld brauche …«

Es war Punkt elf. Das sollte sich ihm für immer einprägen. In diesem Moment zog der Wirt die Pendeluhr auf.

»Du musst nebenan Gruyère holen, Jules!«, rief die Frau aus der Küche.

Der fixierte seine beiden Gäste, was ihn offensichtlich beruhigte, denn er ging, nicht ohne sein Käppi aufzusetzen – ein Eisenbahnerkäppi, von dem die Dienstabzeichen abgetrennt worden waren.

»Ich versteh ja, dass Sie mir nicht trauen … Wir können uns auch anders einigen … Von den fünftausend Franc verlange ich jetzt nur die Hälfte als Anzahlung … Den Rest geben Sie mir, wenn Sie sie verhaftet haben … Sie sehen, ich …«

»Ich habe keine zweieinhalbtausend Franc ...«

»Dann geben Sie mir eben tausend ... Die haben Sie doch bei sich? ... Ich hab Ihnen von vornherein gesagt ...«

»Wo hast du dich in der letzten Zeit rumgetrieben?«

»Überall und nirgends ... Sie wissen doch, wie das ist, wenn man Gelegenheitsarbeiten macht ...«

»Hast du dich im Hotel unter deinem eigenen Namen angemeldet?«

Stan wurde bleich.

»Das heißt ... nein ...«

»Dann hast du also falsche Papiere?«

Wie sollte er sich da herauswinden? Der Inspektor hatte ihn in der Falle! Wenn Stan die Wahrheit sagte, würden sie rasch ins Hôtel de Birague finden und brauchten ihn nicht mehr!

»Ich hab nicht im Hotel gewohnt ...«

»Vor einer Minute hast du noch das Gegenteil behauptet.«

»Das Zimmer hatte nämlich ein Freund gemietet ...«

»Nouchi, stimmt's?«

»Das ist nicht wahr!«

Er log miserabel. Natürlich stimmte es. Nouchi besaß einen gültigen Pass, deshalb hatte sie das Zimmer auf ihren Namen gemietet. Jetzt brauchte der Inspektor nur noch zur Fremdenpolizei zu gehen und die Meldezettel der Herbergen durchzusehen. Wenn er auf den Namen Nouchi Kersten stieß, wüsste er beinahe genauso viel wie Stan.

»Ich seh schon, Sie wollen nicht zahlen!«, stieß er verbittert hervor. »Sie glauben, Sie können auf mich verzichten. Aber da irren Sie sich! Geben Sie mir jetzt nur tausend Franc ... Mit dem Rest lassen Sie sich Zeit ... Tausend Franc Anzahlung auf fünftausend.«

Ihm war vor Wut und Verzweiflung zum Heulen zumute. Er war mit seinem Latein am Ende. Er hatte zu viel getrunken, zu viel gegessen. Er rülpste, fiel vor Müdigkeit fast um, und seine Augen glänzten, als hätte er hohes Fieber.

Der Wirt kam mit einem in weißes Papier gewickelten Päckchen zurück und brachte es in die Küche.

»Was bin ich schuldig?«, fragte Inspektor Mizeri.

»Zusammen?«

Stan riss die Augen auf.

»Ja, zusammen.«

»Das waren zwei Flaschen Beaujolais, vier Portionen *andouille,* zweimal Butter ... Ach ja, und ein Telefongespräch, das hab ich vergessen ... Dann der Pastis ... zwölf und vier und drei ... Und eins und ...«

»Herr Inspektor!«, rief Stan unterwürfig. Er saß immer noch am Tisch.

Mizeri zahlte mit einem Hundertfrancschein. In seiner Brieftasche, die er geöffnet in der Hand hielt, waren noch weitere fünf oder sechs, soweit Stan erkennen konnte.

»Wenn Sie mir nur ...«

Er merkte, wie sein Gegenüber zögerte, die Banknoten wie Buchseiten durchblätterte. Schon wollte er drei entnehmen, dann zwei. Schließlich zog er einen heraus, warf ihn auf den Tisch.

»Herr Inspektor …«

Mizeri gab sich gar nicht erst die Mühe, vor dem Wirt die Formen zu wahren.

»Versuch ja nicht, mich übers Ohr zu hauen. Ich kann dir nur eins sagen – ich behalt dich im Auge!«

Der Schankwirt hatte die Situation genau erfasst und sagte betont, während er das Wechselgeld herausgab:

»Hier bitte, Herr Inspektor.«

Der wandte sich um und wiederholte:

»Kapiert?«

Die Tür ging auf, fiel wieder ins Schloss. Der gelbe Mantel entschwand. Stan beugte sich vor, konnte aber nicht feststellen, ob der Inspektor irgendjemandem ein Zeichen gab oder nicht.

»Muss jetzt die Tische aufdecken!«, knurrte der Wirt unfreundlich.

Er wartete. Das war eindeutig. Stan sollte gehen, sonst nichts. Man hatte genug von ihm.

»Ich …«

Wenn ihm doch nur irgendeine Redewendung eingefallen wäre, mit der er sich wieder ein bisschen Respekt hätte verschaffen können! Betont langsam goss er sich den restlichen Wein aus der Flasche ein und trank ihn, faltete dann bedächtig den Hundertfrancschein zweimal zusammen. Sowie er ihn in die Tasche stecken wollte, wurde der Wirt lebendig.

»Ich hab vergessen, die Zigaretten zu berechnen …«

Er ging hinter die Theke, um Wechselgeld zu holen. Stan hasste ihn, wie er wohl noch nie jemanden gehasst hatte.

Ohne dass er den Grund dafür kannte, richtete sich sein Zorn nicht gegen Inspektor Mizeri, sondern gegen diesen Mann mit dem dicken Schnurrbart, der blauen Schürze, der ihn seelenruhig vor die Tür seiner Bauernkneipe setzte.

Irgendjemand lauerte ihm draußen auf, das stand fest, ein Polizist, den Mizeri zu dem Zweck mitgebracht hatte. Aber welcher war es? Auf der Straße wimmelte es von Menschen. Eines von Stans Beinen war eingeschlafen, er hinkte leicht. Er war immer noch benommen, beobachtete die Passanten mit misstrauischen, verstohlenen Blicken, während er sich an der Hausmauer entlangdrückte, damit ihn keiner überrannte.

Er war außerstande zu denken, sich diesen oder jenen Schritt zu überlegen. Instinktiv, wie andere Jahr um Jahr in ihr Büro trotten, schleppte er sich weiter in Richtung Montmartre, zu dem mit Nouchi vereinbarten Treffpunkt. Er kam an einer grauen Quadersteinfassade vorbei mit vergitterten Fenstern – ein Bankgebäude. Ein Junge, der sich im Laufschritt durch die Menschenmenge schlängelte, trat ihm mit voller Wucht auf den Fuß. Seit seiner frühesten Kindheit in Wilna, als seine Mutter noch lebte, litt er jeden Winter an Frostbeulen.

Ihn durchfuhr ein so heftiger Schmerz, dass er einen Augenblick reglos verharrte, wie bewusstlos.

3

Er zog den einen Fuß nach, hatte geweitete, vor Müdigkeit starre Pupillen, als er die Glastür aufstieß, die den Vorraum von der Hotelhalle abtrennte. Er erkannte den Fußabstreifer mit der roten Aufschrift wieder und links neben dem Treppengeländer den Übertopf aus Steingut und die Grünpflanze darin. Er war nur einmal hier gewesen, und doch war ihm die Einrichtung bereits vertraut, und zwei Tage, sechs Monate, ein Jahr später würde er voll Sehnsucht daran zurückdenken, ebenso wie an das kleine düstere Bistro, in dem er Unmengen *andouille* gegessen hatte.

Im Moment war ihm davon eher schlecht, und dennoch würde dies einmal zu den unvergesslichen Momenten seines Lebens zählen!

Weit und breit war niemand zu sehen. Er hätte im Voraus sagen können, dass es ein Hotel dieser Klasse war: zu viel Platz, zu viel Ruhe; mühelos hätte er die breite Treppe hinaufgehen, aufs Geratewohl die Zimmertüren öffnen können.

Er hustete. Das Geräusch hallte durch das leere Treppenhaus bis hinauf in den fünften Stock. Er setzte sich in Bewegung, klopfte an eine Tür. Jetzt endlich trat aus einer gegenüberliegenden Tür völlig verblüfft ein Mann.

Derselbe wie am Morgen, inzwischen jedoch gewaschen, rasiert, gekämmt. Weißes Hemd und schwarzer Anzug.

»Sind Sie schon lange hier? Wo ist denn der Portier? Was wünschen Sie?«

Stans Erscheinung sagte ihm etwas.

»Meine Freundin ist bei Ihnen abgestiegen ... Nouchi Kersten ... Wenn Sie mir bitte ihre Zimmernummer sagen würden ...«

»Sind Sie Monsieur Stan?«

»Ja.«

»Für Sie wurde eine Nachricht hinterlassen.«

Hastig riss er den Umschlag auf. In einen unansehnlichen Papierfetzen, vermutlich eine Sandwichverpackung, war ein Hundertfrancschein eingewickelt.

Iss und nimm Dir ein Zimmer. Heute Abend erkläre ich Dir alles.
Nouchi.

Wenn nun der Hotelbesitzer oder der Geschäftsführer den Geldschein gesehen hatten? Das würde alles nur noch schlimmer machen. So gedemütigt Stan sich auch fühlte, redete er sich doch mit aller Gewalt ein, dass ihm das gleichgültig wäre.

»Ist sie selbst hier gewesen?«

»Wer? Die junge Dame? Ja, das war ... hm ... so gegen elf etwa ...«

»War sie allein?«

»Ich glaub schon ... Das heißt, jemand hat im Vorraum auf sie gewartet ...«

»Ein Mann? Wie alt? Wie sah er aus?«

»Darauf habe ich nicht geachtet ... Ein Herr, na ja, ich würde sagen, in mittleren Jahren, ungefähr wie ich ...«

»Geben Sie mir ein Zimmer ...«

Er konnte nicht länger warten. Es konnte kommen, was wollte, selbst wenn man ihn verhaften, mit dem Tode bedrohen wollte, sein Schlafbedürfnis war stärker, stärker sogar als sein Selbsterhaltungstrieb. Die Treppe war gebohnert, gutbürgerlich wie alles hier – die gelb gestrichenen Türen, der Duft, das Zimmermädchen, das hinten im Korridor die Bettlaken aufstapelte.

Er fühlte sich bereits zu Hause, wie überall. Sobald er irgendwo ankam, begann er zunächst die Luft geräuschvoll durch die Nase einzuziehen, wobei er seine neue Umgebung Stück um Stück mit misstrauischen Blicken betrachtete. Jedes Mal empfand er die Atmosphäre als feindselig, undurchdringlich. Dadurch wurde der Eindruck nur noch intensiver, intensiver als Kindheitserinnerungen.

Hatte er denn überhaupt Kindheitserinnerungen? Er hasste seine Kindheit!

»Wie viel kostet das Zimmer?«

Er meinte, die Frage gestellt zu haben, merkte jedoch gleich, dass er es zwar gedacht, aber die Lippen nicht bewegt hatte. Na, und wenn schon! Er hatte ja das Geld zum Bezahlen. Im Vorbeigehen hatte er ein Emailleschild mit der Aufschrift *Bad* wahrgenommen, zwei Türen weiter. Seit langem schon hatte er Lust auf ein Bad. Trotzdem konnte er sich diesen Wunsch nicht sofort erfüllen. Er war zu müde. Er hatte Fieber. Vielleicht müsste er sich sogar erbrechen. Er zog sich aus, ließ die Kleidungsstücke auf den dunklen Teppich fallen. Völlig nackt verharrte er eine Weile vor dem Spiegelschrank. Es klopfte.

»Wer ist da?«

»Ich bringe die Handtücher.«

Das Zimmermädchen war stämmig wie die Mama einer Großfamilie! Er öffnete die Tür einen Spaltbreit, nahm die Handtücher entgegen.

Was hatte Nouchi bis elf Uhr gemacht? Woher hatte sie die hundert Franc? Wohin war sie anschließend gegangen? Hatte sie sich für ein bisschen Geld mit einem Mann eingelassen? Das hätte Stan gewundert. Mit einem Mann zu schlafen war ihr zuwider, selbst mit ihm. Außerdem wäre sie nicht bis elf Uhr vormittags mit einer Zufallsbekanntschaft zusammengeblieben. Und sie wäre nicht mit dem Mann fortgegangen!

Dahinter steckte noch etwas anderes. Aber was? Wem war sie begegnet? Warum hatte sie auf dem Zettel keinen einzigen Satz hinzugefügt? »Ich bin da und da …«

Ihn fröstelte, obwohl er unter die Bettdecke geschlüpft war, unmittelbar darauf verschwamm alles, tanzte vor seinen Augen. Das Zimmer begann so heftig zu schaukeln, dass es ihm den Magen umdrehte.

Schlief er? Er schlief nie fest. Seine komplizierten, verschlungenen Gedanken ließen ihn keine Sekunde los, peinigten ihn ständig, wurden noch komplizierter, noch verschlungener, sobald er die Augen geschlossen hatte.

Immer begann er auf genau dieselbe Art, Ordnung zu schaffen. Er stellte sich ein weißes Blatt Papier vor, markierte darauf einen dicken Punkt, wie man bedeutende Städte auf Landkarten kennzeichnet.

Das war Wilna. Das war er, *früher*! Ein weiträumiges, kaltes Haus bei der Kapelle Ostra Brama, in der Nähe des Spitzen Tors. Eine riesige, hässliche Wohnung, die man nie richtig mit Leben erfüllen konnte. Der Salon zum Beispiel hatte rote Wände, ein düsteres Rot, und einen Kamin aus grüner Fayence.

Er hasste die Wohnung, das Haus, in dem es zehn ähnliche Wohnungen gab sowie eine zugige Vorhalle; er hasste die Straßen, die Farben, das Grün der Mütze, die er auf der Universität getragen hatte. Und dieses Grün, ein Flaschengrün, ungefähr so wie die Farbe des Fayencekamins, war für ihn noch jetzt der Inbegriff nicht nur Wilnas, sondern für einen ganzen Abschnitt seines Lebens.

Bis dahin war alles klar. Oder etwa doch nicht? Warum liebte er das Haus nicht, ebenso wenig wie seinen Vater, den Mathematiklehrer mit dem eiskalten Gesicht, dem kleinen grauen Kinnbart, der inzwischen weiß geworden sein musste?

Er kannte seinen Vater ja nicht einmal! Nicht besser, als seine Schüler ihn kannten! Stan mochte das Essen zu Hause nicht. Und an seine Mutter, die starb, als er sechs Jahre alt war, erinnerte er sich kaum, nur die schwarz verhangenen Türen sah er noch deutlich vor sich.

Er zog eine dünne Linie, die nach Norden führte. Diesen Weg hatten sie damals, bei dem entscheidenden

Ereignis, eingeschlagen! Die Medizinstudenten gaben sich wie alle anderen Studenten auch, sofern sie nicht an konspirativen Aktionen beteiligt waren, gern antipolnisch.

Jagow, der Sohn eines Richters, hatte an einem Sonntag den Wagen seines Vaters zur Verfügung. Es schneite erst seit ein paar Tagen, sodass die Straßen noch befahrbar waren. Alle vier hatten ihre Gewehre mitgenommen, um Wildgänse zu schießen.

Warum? Stan wusste es selbst nicht. Weil man glaubt, dass bestimmte Dinge einem Vergnügen bereiten, auch wenn das gar nicht zutrifft. In aller Herrgottsfrühe hatte er aufstehen müssen. Außerdem mochte er keine Kälte, auch nicht Wildgänse oder Autofahrten mit Jagow am Steuer, der seinen Gefährten damit nur imponieren wollte.

Kurz nachdem sie die noch schlafende Stadt hinter sich gelassen hatten, beschlich Stan ein unbehagliches Gefühl.

»Wir fahren zur Grenze …«

Zur Grenze, die sie nicht wahrhaben wollten, zur Grenze nach Litauen, unweit der Stadt. Sie hatten in einem armseligen Holzhaus gegessen, in dem Kleinkinder plärrten und es nach saurer Milch roch.

Noch drei Jahre, dann hätte er sein medizinisches Staatsexamen gehabt und überallhin gehen können!

Ein tiefer, wolkenverhangener Himmel, schwarze Tannen, Schnee, der noch nicht fest genug war und stellenweise schmolz. In einem kleinen Wäldchen hatten sie stundenlang den Wildgänsen aufgelauert und nur Raben zu Gesicht bekommen.

Die Bahnlinie verlief ganz in der Nähe, die berühmte

Strecke von Kaunas nach Wilna. Die Schienen waren direkt an der Grenze herausgerissen worden; zwischen den Schwellen wuchsen bereits Bäume.

Beiderseits des Grenzpfahls standen Soldaten auf Posten, in unförmige, fast bodenlange Mäntel gehüllt, das Gewehr geschultert – drei Litauer auf der einen, drei Polen auf der anderen Seite.

Das Wetter war dazu angetan, zu Hause zu bleiben, zu schlafen oder ins Kino zu gehen. Das dämmrige Grau würde wohl den ganzen Tag über bis zum Abend anhalten, ohne dass die dichte Wolkendecke auch nur eine Sekunde aufriss und man den Stand der Sonne erkennen konnte.

Und dann stieß ihn Jagow, der neben ihm lag, mit dem Ellbogen an. Weit und breit sah man weder Gänse noch irgendein Wild. Jetzt hätten sie aufbrechen sollen. Dann wäre alles anders verlaufen.

Doch Jagow deutete auf einen Soldaten, einen der Polen, der sich von den anderen entfernt und das Wäldchen betreten hatte. Er glaubte, er sei allein dort. Er hatte flammend rotes Haar und rauchte eine geschnitzte, lange deutsche Holzpfeife.

Es machte Spaß, reglos dazuliegen und ihn zu beobachten, wie er sein Gewehr an einen Baum lehnte, das Koppel abschnallte und die Hose herunterließ.

Er hockte sich hin. Die Ruhe, die unbeschwerte Verträumtheit, die von diesem Soldaten in Feldgrau mit seinem feuerroten Haarschopf hier in dem verschneiten, nebelverhangenen Tannenwäldchen ausging, war einmalig.

Jagow hatte geschossen! Stan hätte schwören können, er habe geahnt, dass sein Gefährte das tun würde. Er hatte nahezu verfolgt, wie dieser Gedanke, dieser Wahnwitz in Jagows Kopf immer mehr Gestalt annahm. Er stand als Erster auf, lief zum Auto. Bei der Abfahrt waren sie zu dritt. Einer fehlte, ein Bauernsohn, über den sich stets alle lustig machten.

Der Wagen war bereits angefahren, als sie die Schüsse aus den Mausergewehren peitschen hörten.

Wie hätte er das Ganze nachzeichnen sollen, ohne kleine Hilfslinien zu benutzen? Gerade und krumme. Kreuze. Es war viel komplizierter, als es aussah. Zu Hause hatte er nichts gesagt. Drei Tage war das Leben wie gewohnt weitergegangen. Dann hatte man in einem Dickicht die Leiche ihres Kameraden gefunden.

In der Anatomievorlesung hatten sie sich angesehen, Jagow und er, und ihr Entschluss stand fest: Sie mussten weg von hier. Die Zeitungen sprachen von einer Verschwörung.

Stan hatte sämtliche Schlösser aufgebrochen, das ganze im Haus vorhandene Geld mitgenommen und sich, ohne seinem Vater eine Nachricht zu hinterlassen, davongeschlichen. Zwei Tage später war er in Berlin angekommen. Jagow hatte er unterwegs aus den Augen verloren.

So viel zum Anfang. In Wirklichkeit war es allerdings nur der Beginn des Anfangs gewesen. Frida Stavitskaja gehörte auch dazu, obwohl sie da noch nicht Teil seiner Lebensgeschichte war. Aber er hatte sie immerhin schon gekannt.

Warum hatte er diesen quälenden Drang, alles zu erklären und die geringfügigsten Einzelheiten zu ergründen? So war er schon als kleiner Junge gewesen. Er vergaß nichts. Er diskutierte, brachte durch diese Sucht, jede Kleinigkeit zu klären, alles durcheinander. Und er setzte sich dadurch, dass er immer recht hatte, ins Unrecht!

Um seinen Vater hatte er sich nie Gedanken gemacht. Er war ins Gefängnis gekommen, wo er annähernd ein Jahr einsaß. Und man hatte ihn entlassen, ohne ihm anschließend seine Stelle zurückzugeben. Viel später, in New York, hatte Stan gehört, sein Vater sei immer noch derselbe – klein, hager, eiskalt, aber abgerissen, heruntergekommen. Er halte sich notdürftig mit Nachhilfestunden bei kleinen Leuten über Wasser.

Was nun Frida Stavitskaja anging ... Er drehte sich im Bett um, öffnete einen Moment die Augen, was bewies, dass er nicht schlief. Er überlegte sogar, ob er aufstehen sollte, um sich zu erbrechen, aber dazu fehlte ihm die Kraft. Schließlich würde er es schon schaffen, die *andouille* zu verdauen!

Das Zimmer ging zum Hof. Es hatte keinen Sinn, aus dem Fenster zu schauen und den Polizisten entdecken zu wollen. Er war überzeugt davon, dass einer vor dem Haus stand, und das war das Entscheidende. Er kannte die Polizei und ihre Kniffe. Er war zu müde.

Nach Frida Stavitskaja kam Nouchi ... Was tat sie wohl jetzt? Ein fast komischer Gedanke, dass sie vielleicht gerade mit einem Mann schlief. Alles verschwamm vor seinen Augen – das Zimmer, das ganze Hotel ...

Doch er war tief besorgt: Wie lange würde Inspektor

Mizeri brauchen, um in den Meldezetteln der Pensionen und kleinen Hotels festzustellen, dass sie im Hôtel de Birague gewohnt hatten?

Danach würde die Polizei den Besitzer aufsuchen und die gesamte Gästeliste überprüfen.

Vielleicht würde man auf Frida nicht aufmerksam, weil sie eine Frau war. Aber hatte er dem Inspektor vorhin nicht etwas von einer Frau erzählt? Immer wieder sein alter, sein größter Fehler: Er redete zu viel!

Es wäre auch denkbar, dass der Hotelbesitzer wie alle seine Kollegen zu Spitzeldiensten geneigt war und die Clique erwähnte, die im dritten Stock zusammen mit Frida in zwei Zimmern hauste.

Dann würde man ihm seine fünftausend Franc bestimmt nicht geben!

Schwitzend überlegte er, dass er unrecht gehabt hatte, dass er nicht im Hôtel des Étrangers hätte bleiben, sondern Nouchi eine Nachricht hinterlassen und auf schnellstem Weg in die Rue de Birague hätte eilen sollen. Dort hätte er seine fünftausend Franc im Auge behalten und sein Recht darauf verteidigen können.

Und wenn er genau das Gegenteil getan hätte? Wenn er zu Frida gegangen wäre und ihr erklärt hätte:

›Geben Sie mir fünftausend Franc, dann helfe ich Ihnen aus der Patsche! …‹

Derselbe Preis! Fünftausend Franc – das war bei ihm bereits eine fixe Idee.

›Ich weiß, dass die Polizei gleich hier sein wird … Sie ist euch auf der Spur …‹

Das würde ihn nicht unbedingt daran hindern, auch die fünftausend Franc von Inspektor Mizeri einzustreichen!

Seine Nase brannte wie Feuer. Er kratzte sich die von Frostbeulen gezeichneten Zehen und wälzte sich unaufhörlich im Bett herum. Zwischendurch glaubte er Hunger zu haben, aber das lag nur an den Verdauungsbeschwerden.

Hatte er gesagt, man solle ihn wecken? Er wusste es nicht mehr. Jetzt war es zu spät.

Er hatte auch nicht mehr daran gedacht, Ignatieff anzurufen.

Es war stockfinster. Nur vom Fenster kam ein schwacher Schein, weil in einem Zimmer auf der gegenüberliegenden Hofseite Licht brannte. Er hätte gerne gewusst, wie spät es war. Angst packte ihn, trieb ihn aus dem Bett. Hastig zog er sich an, dachte nicht daran, sich zu waschen. Wenn er schon einmal zwei Türen weiter ein Badezimmer zur Verfügung hatte, fehlte es ihm an Muße, sich unter die warme Dusche zu stellen.

Er stieg die Treppe hinunter, zog die Luft ein und skandierte halblaut:

»Hal-lo! ... Nie-mand da? ... Hal-lo! ... Nie-mand ...«

Wieder keine Menschenseele in diesem merkwürdigen Hotel! Wie spät mochte es sein?

»Niemand da?«

»Pst! ...«

Das war nicht der Hotelbesitzer, sondern eine Frau im

Nachthemd, über das sie einen Morgenrock geworfen hatte.

»Was wollen Sie denn?«

»Wie spät ist es?«

»Keine Ahnung … Zwei Uhr …«

»Hat niemand nach mir gefragt?«

»Wer sind Sie?«

»Monsieur Stan … Zimmer siebzehn …«

»Haben Sie den Meldezettel ausgefüllt?«

Der Hotelbesitzer hatte tatsächlich vergessen, ihn einen Meldezettel ausfüllen zu lassen. Es brannte nur ein Nachtlicht.

»Sie reisen ab? … Da muss ich meinen Mann fragen.«

Sie war verstört.

»Er hat nämlich gerade einen Anfall …«

Was für einen Anfall? Sicher eine Herzattacke.

Stan hörte die Stimme der Frau hinter der Tür.

»Ferdinand … Nummer siebzehn … Lass dich nicht stören … Es hat doch niemand nach ihm gefragt, oder? … Er zieht aus … Ist die Rechnung bezahlt? …«

»Nein! Es hat niemand nach Ihnen gefragt!«, erklärte sie, als sie zurückkam. »Die Rechnung macht dreißig Franc zuzüglich Bedienung …«

»Hören Sie … Falls jemand kommt, eine Frau, sagen Sie ihr bitte, dass ich morgen vorbeischaue … Sie soll mir eine Nachricht hinterlassen … Kann ich mich auf Sie verlassen?«

Und wenn er nun auf den Boulevards den Taxifahrer von der vergangenen Nacht traf?

Die Unruhe trieb ihn hinaus. Er musste sich vergewissern, wie es um seine fünftausend Franc bestellt war. Beim Hinausgehen vergaß er, nach dem Polizisten Ausschau zu halten, der ihn beschatten sollte. Er stürzte direkt gegenüber, an der Ecke Rue Montmartre, in das Café, in dem Nouchi und er die harten Eier gegessen hatten.

»*Garçon!* Erinnern Sie sich an die Dame, mit der ich letzte Nacht hier war?«

Schlief er, oder schliefen die anderen? Der Kellner musterte ihn gleichgültig, genau wie die Frau im Hotel. Man hätte sie alle für Schlafwandler halten können.

»Letzte Nacht?«

»Ich bestellte zwei harte Eier und Kaffee ... Ein junges Mädchen in einem Gabardinemantel ...«

»Augenblick mal ... Gabardinemantel, sagen Sie ... Der war mir doch aufgefallen ... War sie nicht in Begleitung von einem großen Dunklen?«

»Keine Ahnung. Ich frag Sie ja gerade ...«

»Nein! ... Die kenn ich ... Das ist Léa, ein Stammgast ... Nein ... Ich kann mich nicht erinnern ...«

Um ein Haar wäre er gegangen, ohne seinen Kaffee zu bezahlen.

Ausgerechnet jetzt musste Nouchi verschwinden! Die Frage, ob er sie liebte oder nicht, spielte dabei keine Rolle. Tatsache war, dass er niemanden außer ihr hatte, dass er zurück ins Hôtel des Étrangers musste, und Gott weiß, was noch alles.

Er war wütend, unglücklich! Er war immer wütend und unglücklich gewesen, weil er sich immer, wie damals in

Wilna, bewusst war, das Opfer einer furchtbaren Ungerechtigkeit zu sein.

Das Schicksal war ihm feindlich gesinnt; die Menschen auch. Nichts gelang ihm so wie den anderen, obwohl er in einem Monat mehr Energie entwickelte, als Napoleon gebraucht hatte, um General zu werden. Er war ebenso intelligent, wenn nicht intelligenter als alle anderen!

Warum beschattete man ihn nicht? Was steckte da nun wieder dahinter? Er schlug absichtlich ein rasches Tempo an, als er die Rue Montmartre hinunter in Richtung Les Halles ging. Das Pflaster war trocken und hart. Schritte hinter sich hätte er hören müssen.

Warum ließ der Inspektor ihn nicht durch einen Kollegen beschatten? Wie sonst konnte er hoffen, ihn in Paris wiederzufinden? Was für Hintergedanken hatte er?

Stan blieb stehen, ging weiter, fixierte den gegenüberliegenden Bürgersteig, machte kehrt – er sah weit und breit keinen Verfolger. Er war bereits bei Les Halles angelangt. Neben einem Lastwagen erkannte er den Studenten vom Vorabend, der ihn leicht überrascht flüchtig grüßte.

Er spürte weder die Kälte noch seine Frostbeulen. Er war viel zu aufgeregt.

Im Hôtel de Birague hatte er die beiden letzten Wochenrechnungen nicht bezahlt. Und dann? Notfalls würde er sich auf einen Streit einlassen. Hatte der Hotelbesitzer ihn hinausgeschmissen, ja oder nein? Wenn er ihn vor die Tür gesetzt hatte, dann hatte er damit auch auf sein Geld verzichtet. Außerdem hatte er den Koffer zurückbehalten, in dem sich noch etwas Wäsche, ein Kamm, ein Rasierapparat und ein paar weitere Kleinigkeiten befanden, darunter ein Paar Schuhe von Nouchi.

Er war also jetzt ein neuer Gast, der nichts mit dem vorhergehenden gemein hatte; niemand durfte ihm von Rechts wegen ein Zimmer verweigern!

Er musste sein früheres Zimmer wiederbekommen, sofern es nicht bereits vermietet war! Andernfalls würde er nicht mehr hören, was bei Frida vor sich ging.

Die Rue Saint-Antoine. Er überlegte, ob der kleine Süßwarenladen noch offen hatte. Idiotisch! Wie sollte er – um drei Uhr früh? Aber er konnte es einfach nicht lange aushalten, ohne sich Fragen zu stellen und mit gerunzelter Stirn zu versuchen, diese zu beantworten.

Unvermittelt blieb er stehen. Vor ihm lag das Hôtel de Birague. Durch die Läden vor Fridas Fenster sah er deutlich Licht schimmern.

Das war fatal. Sie würde hören, wenn er das Zimmer nebenan betrat, und sich vermutlich fragen, wer dieser neue Nachbar sei. Er sah sich um. Kein Mensch in dieser endlosen Straßenschlucht, nur ganz weit hinten ein paar schattenhafte Gestalten.

Er klopfte an die Tür, entschloss sich dann, auf die elektrische Klingel zu drücken. Seine Lippen bewegten sich. Leise wiederholte er, was er dem Hotelbesitzer sagen würde. Am liebsten wäre er davongelaufen. Warum folgte er nie seiner Intuition? Warum tat er immer genau das Gegenteil von dem, was sein Gefühl ihm sagte?

Er hörte, wie die Treppenhausbeleuchtung eingeschaltet

wurde. Die Flurlampe brannte. Rechts von ihm öffnete sich die Tür zum Nebeneingang.

»Sie sind's!«, ertönte die Stimme der Bestie.

Denn er war eine Bestie in Menschengestalt. Dass seine Frau in einer elenden Dachkammer im Sterben lag, hielt ihn keineswegs davon ab, es in den unteren Stockwerken mit den Zimmermädchen zu treiben, wo immer er ihrer habhaft wurde!

»Ich möchte ein Zimmer.«

Warum kam der Hotelbesitzer aus seinem Loch, schloss aber die Eingangstür wieder ab? Stan konnte nicht mehr hinaus, man schubste ihn unauffällig zur Treppe.

»Eben hat sich jemand nach Ihnen erkundigt.«

»Wer denn?«

»Freunde von Ihnen. Sie erwarten Sie.«

Er erschrak. Hätte er jetzt eine Waffe gehabt, hätte er sofort geschossen, auch wenn er danach wieder auf der Flucht gewesen wäre.

»Freunde erwarten mich?«, wiederholte er, wobei er die Nasenflügel zusammenzog und die Zähne bleckte. »Wo denn?«

»Oben!«

»Frida?«, entfuhr es ihm.

»Na, sehen Sie, Sie haben mich ganz gut verstanden.«

»Ich muss vorher noch eine Besorgung machen ...«

»Halt, warten Sie! ... Ich rufe die Dame! ... Ich glaube, sie hat Sie ohnehin gehört ...«

Oben öffnete sich eine Tür. Eine Stimme fragte:

»Sind Sie's, Stanislas Sadlak? Kommen Sie doch rauf!«

»Na bitte!«, feixte der Besitzer.

Stan überlegte blitzschnell. Darin hatte er Übung. Gewöhnlich dachte er eher zu schnell, aber es galt ja auch so viel zu bedenken!

Angenommen, einer von Fridas Bande war ihm und Nouchi in der vergangenen Nacht gefolgt? Aber warum hätte er das ausgerechnet an diesem Tag tun sollen und an den anderen nicht? Abgesehen davon, dass er das Taxi auf der Fahrt nach Versailles gar nicht hätte verfolgen können – es wäre ihm doch bestimmt aufgefallen!

Und Nouchi? Es war unwahrscheinlich, dass sie zurückgekommen war! Sie redete nicht mit Frida! Und Frida hätte schlimmstenfalls versuchen können, Nouchi geschickt auszuhorchen. Nur wusste Nouchi ja nichts!

Inspektor Mizeri?

Aus der offenen Tür oben drang Stimmengemurmel. Frida flüsterte:

»Ruhe!«

Sie hatte polnisch gesprochen. Über das Geländer gebeugt, lauschte sie. Und Stan rief in Fridas Richtung:

»Hat niemand nach mir gefragt?«

»Nein, niemand.«

Man hinterging ihn also nicht. Zwar machte er hin und wieder eine Dummheit, aber er merkte es jedes Mal, und in anderen Menschen täuschte er sich nie. Der Besitzer des Hotels amüsierte sich, machte sich über ihn lustig! Das war offenkundig – hätte er sonst so lange nur mit einem Nachthemd bekleidet hier ausgeharrt, statt wieder ins warme Bett zu kriechen? Gewöhnlich war er doch immer so empfindlich gegen Kälte und hasste es, nachts geweckt zu werden.

»Ist meine Freundin nicht zurückgekommen?«

»Sollte sie denn? Ich hab sie nicht gesehen. Vielleicht wissen ja die da oben etwas …«

»Kommen Sie rauf, Stanislas Sadlak!«

Andere Gäste waren wach geworden, klopften gegen die Wände und forderten Ruhe.

»Ich komme ja schon.«

Er setzte den Fuß auf die erste Stufe, wandte sich wortlos um und warf dem Besitzer einen flehenden Blick zu.

Die Treppe knarrte. Es roch fast so schlimm wie in den schmutzigen Gassen, in denen die Ärmsten der Armen zusammengepfercht hausen. Je höher er stieg, desto besser konnte er den beleuchteten Treppenabsatz erkennen. Dann sah er Frida oben stehen, sah ihre Fesseln weißlich schimmern. Sie erwartete ihn, die verschränkten Arme auf das Treppengeländer gestützt, eine Zigarette im Mundwinkel.

»Guten Tag, Frida Stavitskaja.«

Sie war schön, eine der schönsten Frauen, die er je gesehen hatte. Bereits als Sechzehnjährige hatte sie dunkle Begierden erweckt, wenn sie durch die verschneiten Straßen von Wilna ging und die Männer ihr in unbeleuchteten Ecken auflauerten.

»Wir feiern gerade Iwans Geburtstag … Ich hab bei Ihnen angeklopft, weil ich Sie und Ihre Freundin gern dazu eingeladen hätte … Wo steckt sie denn?«

»Keine Ahnung.«

Frida schob ihn ins Zimmer, schloss die Tür hinter ihm. Jemand spielte Gitarre – ein Mann, der auf dem Boden saß. Er zupfte die Saiten, als wollte er das Instrument zum Sprechen bringen und ihn so begrüßen. Auf dem Bett ausgestreckt lag ein bärtiger Hüne, vollständig angezogen, Nagelschuhe an den Füßen.

»Guten Tag, Stanislas Sadlak! Friede sei mit dir und Freude mit uns …«

Wie viele waren es? Auf den ersten Blick konnte er das nicht erkennen. Sie hatten die Lampe mit einem rosa Stofffetzen verhängt, sodass sie nur ein schummriges Licht verbreitete. Der Raum war sehr eng. Auf dem Boden herrschte ein wirres Durcheinander von Armen und Beinen, von Flaschen, Gläsern und Tellern mit Speiseresten.

»Zieh den Mantel aus … Trink einen Schluck auf Iwans Gesundheit, er wird heute dreiundvierzig …«

Alle qualmten. Das ganze Zimmer war voller Rauchschwaden, die sich um die Köpfe der Anwesenden verdichteten wie Heiligenscheine. Frida goss Champagner in ein dickwandiges Glas, dann in ein zweites.

»Auf deine Gesundheit, Stanislas Sadlak!«

Irgendetwas war hier falsch, verlogen – aber was?

»Sieht aus, als sei dir die Nase gefroren!«

Die Stimme kam aus einer dunklen Ecke.

»Rück mal ein bisschen, Iwan!«, forderte Frida den Hünen auf dem Bett auf. »Mach mir Platz!«

Bereits mit sechzehn war sie eine ausgewachsene Frau gewesen, groß und voll entwickelt. Vor allem ihre schweren, üppigen Brüste, die sich immer deutlicher unter ihren Kleidern abzeichneten, zogen die Blicke auf sich.

Sie hatte sich seither kein bisschen verändert, sondern war strahlend schön wie eh und je. Sie trug die rabenschwarzen Haare im Nacken zu einem lockeren Knoten gebunden. Auch ihre Augen waren schwarz. Über der Oberlippe hatte sie einen leichten dunklen Flaum.

Sie war wie immer überaus freizügig gekleidet, freizügig und überwältigend schamlos. Unter ihrem königsblauen Morgenrock trug sie ein lachsfarbenes Nachthemd, das ihre Schenkel fast unbedeckt ließ.

In Wilna hatte ein Richter ihretwegen seinen Rücktritt einreichen müssen, weil man sie zusammen in einem verrufenen Vorstadthotel überrascht hatte und Frida damals erst fünfzehn gewesen war!

Ihr Vater war ein reicher Getreidehändler. Alle Welt hatte ihn schon gekannt, als er noch arm im Ghetto lebte. Es hieß, er habe sein Vermögen im Krieg und dann während der Russischen Revolution gemacht. Als nunmehr begüterter Mann hatte er sich eine Prunkvilla auf dem Hügel bauen lassen.

Manche behaupteten, er habe Frida seit ihrem vierzehnten Lebensjahr einsperren und jeweils zweimal abschließen müssen. Trotzdem war es ihr immer wieder gelungen zu entwischen. Sie lud das männliche Hauspersonal zu sich aufs Zimmer ein. Ihr Vater war mit ihr nach Wien gefahren, um einen berühmten Arzt zu konsultieren. Von dort hatte er eine Gesellschafterin, in Wirklichkeit eine Krankenschwester, mitgebracht.

Das hatte Frida nicht daran gehindert, wieder auszureißen und einen Mann mit dem Beil zu erschlagen, im selben Hotel, in dem man sie mit dem Richter überrascht hatte.

Damals war sie siebzehn gewesen. Ihr Opfer war ein Musiker, der zu einem Konzertabend nach Wilna gekommen war und ihren Vater aufgesucht hatte. Man hatte nie erfahren, was eigentlich passiert war, außer dass Frida für einen Augenblick in den Hof hinuntergegangen war und dort wohl das Beil neben einem Holzstapel gefunden haben musste.

Ihrem Vater zuliebe ließ man sie nicht im Gefängnis, sondern brachte sie in einer Klinik unter, aus der sie mit einem Krankenpfleger floh.

Dort saß er – der Mann, der von Zeit zu Zeit die Saiten der Gitarre zupfte!

»Auf dein Wohl, Stanislas Sadlak!«

Er konnte den Champagner nicht ablehnen. Sie schenkten ihm nach, ein zweites, ein drittes Mal. In einer Schüssel lagen Reste von Räuchergans, wie im Ghetto.

»Rück mal, Iwan … Du lässt mir ja gar keinen Platz …«

Es war nur ein schwarz lackiertes Eisenbett, über das eine fleckige, rosa und weiß gemusterte Steppdecke gebreitet war.

»Gebt ihm mal was zu essen!«

Stan lächelte. Besser gesagt, er schürzte die Lippen und bemühte sich, die Nasenflügel nicht einzuziehen, da er wusste, dass diese nervöse Angewohnheit ihn verraten würde. Es gelang ihm, eine ganze Weile den Atem anzuhalten.

In dem winzigen Raum saßen sie dicht an dicht – mit ihm sechs Personen. Das hieß, sie waren vollzählig, auch die zwei, die nur gelegentlich erschienen, waren da.

»Hör zu, Stanislas Sadlak … Komm her, setz dich neben mich …«

Sie drückte sich noch enger an Iwan, um Stan ein wenig Platz zu machen.

»Morgen reden wir ernsthaft miteinander … Du hast mich doch mal gefragt, ob du mit uns zusammenarbeiten kannst, nicht wahr? … Heute Nacht wird so ziemlich alles gegessen und getrunken, was wir noch haben … Morgen geht's an die Arbeit, und du hilfst uns dabei …«

Ding … ding … dong … machte die Gitarre von Zeit zu Zeit. Sie gab jeweils nur einen Ton von sich, der, ähnlich wie bei einem Gong, lange nachhallte.

Jemand klopfte gegen die Wand, doch keiner der Gruppe reagierte.

»Lass mich schlafen!«, brummte Iwan, wegen seiner starken Behaarung »der Bär« genannt.

»Es gehört sich, dass wir Stanislas Sadlak, Sohn des Studienrates Sadlak, gebührend empfangen, wenn er uns die Ehre erweist, sich mit uns zusammenzutun … Komm her, Stan! … Komm schon, mein lieber kleiner Stan … Leg dich hin … Hier ist noch Platz … Oder trink lieber vorher noch ein Glas Champagner … Auf dein Wohl! … Gib mir deine Hand … Sie ist ja ganz kalt, ich will sie wärmen …«

Sie griff nach Stans Hand und legte sie auf ihren heißen Schenkel.

»Komm zu mir … Und ihr anderen, ihr seht zu, dass

ihr nebenan irgendwo Platz findet … Warum zitterst du denn? … Frierst du immer noch? … Gib mir deine andere Hand …«

Er klapperte mit den Zähnen. Der Brechreiz war stärker denn je.

4

Nachdem sie die drei Männer fortgeschickt hatte, die sich bei offener Verbindungstür im Zimmer nebenan häuslich einrichteten, stellte Frida mit Genugtuung fest:

»Sie sind eifersüchtig! ...«

Das allein war schon unfassbar. Was immer noch kommen mochte, Stan würde diese Worte aus dem Mund einer neben ihn hingestreckten Frau – ihre Stimme war dabei träge, fast tonlos – nie vergessen. Mit nach hinten geneigtem Kopf und dadurch seltsam verdrehten Augen blickte sie den grauen, sich entfernenden Schatten nach. Der Letzte, der entschwand, trug die Gitarre.

»Josef!«, rief sie.

Er war blond, mager, hatte einen kleinen Oberlippenbart und einen Dackelblick.

»Schließ die Zimmertür ab, und gib mir den Schlüssel.«

Die Tür war nur ein paar Schritte entfernt. Sie wusste, dass er sie hörte, sagte aber trotzdem:

»Der ist am eifersüchtigsten von allen ... Er ist der Krankenpfleger, erinnerst du dich? ... Seit wir von Wilna fort sind, folgt er mir auf Schritt und Tritt ...«

Sie nahm den Schlüssel an sich und steckte ihn unter das Kopfkissen.

»Mach das Licht aus, Josef!«

Jähe Finsternis. Dann die unsicher tappenden Schritte des Krankenpflegers, der, dem Geräusch nach zu schließen, nebenan Kissen auf den Boden warf und sich darauf ausstreckte.

»Zieh deine Jacke aus … Sie kratzt … Die Schuhe auch …«

Und, als Stan sich wieder hinlegte:

»Komisch … Du hast eiskalte Füße und einen glühend heißen Kopf … Komm! …«

Auf der anderen Seite, zwischen ihr und der Wand, lag der Hüne und atmete schwer. Die drei anderen im Nebenzimmer hatten offenbar noch nicht die richtige Lage gefunden, man hörte, wie sie sich hin und her wälzten.

»Komm näher …«

Es schien alles wie in einem Traum – nicht nur ihre Stimme, sondern auch die Tatsache, dass sie diese Dinge laut in der Dunkelheit aussprach, als ob sie die anderen vier Männer vergessen hätte. Sie war völlig ruhig, unbefangen. Ihr Körper bot sich ihm freigebig dar, und ihre Hand liebkoste Stan ausgiebig. Vielleicht war diese Hand am unwirklichsten von allem, wie sie langsam über seine Brust wanderte, über seine Schultern, die Rippen zu zählen, die Kraft der Muskeln zu prüfen schien.

»Dick bist du auch nicht gerade … Josef ist noch magerer … Er war sehr krank, in Amerika … Hinter der Wand dort war dein Zimmer, nicht wahr?«

Bestimmt lächelte sie jetzt, doch er konnte sie nicht sehen. Er hatte Angst, panische Angst. Nie in seinem Leben hatte er solch eine Beklemmung verspürt, und dennoch hatte ihn gegen seinen Willen rein physische Erregung erfasst, und das wusste Frida genau.

»Hat Nouchi auch gelauscht? … An eine Sache hast du nie gedacht: Wenn ihr gehört habt, was hier vorging, haben wir natürlich genauso gehört, was ihr in eurem Zimmer gemacht habt … Frierst du? … Zieh dir die Decke ein bisschen weiter rüber … Ich bin sicher, Josef tut kein Auge zu … Immer dieselbe Leier … Er liegt da, den Kopf auf den Ellbogen gestützt, um besser hören zu können … Stimmt's nicht, Josef?«

Ein undeutliches Murmeln aus der Finsternis nebenan war die ganze Antwort.

»Und du, wo hast du eigentlich Nouchi gelassen? … Ist sie mit einem Mann getürmt? … Iwan ist betrunken … Ich würde ihn gern noch ein bisschen weiter nach hinten schieben, aber er ist zu schwer … Wenn sein Atem so schwer geht, ist er besoffen … Morgen hat er einen Kater … Nimm meine Hand, als ob du mir den Puls fühlen wolltest … Ich mag's, wenn jemand mir die Hand hält … Es ist, als könnte ich alles spüren, was du fühlst, alles, was du denkst … Du bist zu spät gekommen und hast nicht genug getrunken … Du verstehst schon, das ist kein echter Champagner, nur Schaumwein … Wir waren nämlich pleite … Von den restlichen dreihundert Franc hat der Baron zweihundert verwettet …«

Er zuckte zusammen. Eben hatte er ein Geräusch aus der Außenwelt vernommen, und nur schon das war ihm suspekt. Auf der Straße gingen zwei Männer. Es mussten zwei sein, sicher Polizisten, denn sie schlenderten gemächlich, aber mit schweren Schritten dahin und redeten allerlei, wie Menschen, die massenhaft Zeit und kein bestimmtes Ziel haben. Was würden sie sehen, wenn sie nach oben schauten? Nichts! Schmutzig graue Fensterläden wie an der restlichen Fassade.

Er erschauerte.

»Was hast du denn? ... Bist du froh, nun dazuzugehören? ... Willst du mit mir schlafen? ... Hörst du, wie Josef keine Ruhe gibt? ... Warum schnüffelst du so?«

Er konnte keinen Finger rühren, nicht die Luft durch die Nase einziehen, ohne dass sie es merkte. Ihr warmer, weicher Körper presste sich eng an ihn; den Kopf hatte sie offenbar immer noch zurückgelegt und die Augen die ganze Zeit offen. Sie plapperte vor sich hin wie ein Kind vor dem Einschlafen, sprang von einem Thema zum anderen.

»Was ist eigentlich aus deinem Vater geworden?«

»Keine Ahnung. Er ist immer noch in Wilna.«

»Meiner lebt in Warschau mit einer Tänzerin zusammen ... Mit fünfzig hat's ihn plötzlich gepackt ... Er hat meine Mutter in eine Nervenheilanstalt einweisen lassen, weil sie angeblich verrückt ist ... Stimmt schon, sie hat immer ein bisschen gesponnen, aber er auch ... Schläfst du?«

»Nein.«

»Woran denkst du?«

»An nichts weiter.«

»Willst du doch nicht mit mir schlafen? ... Macht nichts ... Ich hab dich bloß aufgefordert, dich zu mir ins Bett zu legen, weil ich Josef damit ärgern wollte ... Er ist nur interessant, wenn er leidet … Sonst sieht er reichlich blöde aus …«

Sie erinnerte ihn an Menschen, die in Gegenwart eines Tauben mit lauter Stimme über diesen reden, weil sie genau wissen, dass er nichts hört. Mit dem Unterschied, dass hier niemand taub war! Alle lagen sie irgendwo, jeder in seiner Ecke im Dunkeln, während die beiden Polizisten wohl weiter ihre Runden um die Place des Vosges drehten.

»Kennst du den Baron? … Er kommt nicht oft her, aber irgendwann bist du ihm bestimmt über den Weg gelaufen … Keine Ahnung, warum sie ihn den Baron nennen … Ich weiß nicht mal, wie er heißt … Er ist Pommer, aus Leba, das liegt an der Grenze … Wehe, man sagt zu ihm, dass Leba im Vergleich zu Berlin oder Paris ein Nest ist! … Mach ein bisschen Platz … Du pustest mir direkt ins Gesicht … Bist du müde?«

Sie kniff ihn.

»Ich bin noch nicht fertig … Ach ja … Stimmt's, dass du auf einem Bauernhof im Norden bei der Rübenernte geholfen hast?«

»Ja.«

»Wo? … Ein großer Hof? … Oder ein kleiner? …«

»In Hallencourt …«

»Wir müssen dorthin … Morgen Abend geht's los … Du wirst sehen, es ist ein Kinderspiel, vor allem, wenn man sich im Haus auskennt … Was hast du denn?«

»Nichts.«

»Wer komplizierte Dinger dreht, wird bloß geschnappt! ... Doch von uns ist weder bekannt, wie viele wir eigentlich sind, noch, dass ich eine Frau bin ... Die haben keinen einzigen Fingerabdruck ... Und wenn Kellermann nicht eines Tages so unvorsichtig gewesen wäre, in der Nähe einer Wand zu sprechen, während nebenan noch ein Zimmermädchen aufräumte, wüsste überhaupt keiner, dass wir Polen sind ... Und das Mädchen hatte zufällig auch noch einen Schwager, von dem sie Polnisch gehört hatte! ... Schläfst du?«

Er war überzeugt, dass sie das absichtlich machte, aus einer Art Sadismus: Bald brüskierte sie ihn, indem sie ihm wohldosiert mit sanfter Stimme die schrecklichsten Dinge vorsetzte, bald lenkte sie ihn mit einer Berührung ab, bemühte sich, sein quälendes Verlangen nach ihr neu zu entfachen.

»Warte! ... Ich will dir was erklären ... Wir brechen nicht zusammen auf ... Du fährst mit Iwan; er ist dumm, aber der Stärkste von allen ... Ich kenne ihn nicht von früher ... Er stammt aus der Gegend von Krakau ... Eines Abends war er besoffen, seine Kumpane hatten ihm tüchtig eingeheizt, und da hat er seine Frau, seine Schwiegermutter und die Nachbarin, die herbeilief, umgebracht. Blutüberströmt kam er am nächsten Morgen in einem Wald wieder zu sich. Die Polizei war ihm auf den Fersen ... Ich weiß nicht, wie er die Flucht geschafft hat ... In Amerika hat er in einem Nachtlokal gearbeitet oder vielmehr in einer Spielhölle, wo er unbequeme Gäste hinausbefördern musste ... Er ist auch eifersüchtig, aber nur auf Josef, weil der vor ihm da war ... Mit dir könnte ich anstellen, was ich wollte, er würde sich nicht rühren … Er schnarcht! … Josef dagegen hört zu …«

Gern hätte er nachgedacht, doch das war unmöglich. Sie gönnte ihm keine Atempause. Schon schien ihm das kleine Bistro vom Vormittag mit den Schinken, den *andouilles*, der Schiefertafel, auf die der Wirt das Menü kritzelte, als der friedlichste Zufluchtsort der Welt.

Warum bloß war er nicht länger dortgeblieben und hatte dem Ticken der Pendeluhr gelauscht? Wenn er eines Tages wieder frei wäre, würde er hingehen, sich auf denselben Platz setzen, *andouille* essen und dazu eine Flasche Beaujolais trinken …

Er hätte sich dem Inspektor an die Fersen heften, ihn nicht gehen lassen sollen. Und als sich der Hotelbesitzer einen Augenblick zuvor unten umgedreht hatte, um durch das Treppenhaus zu rufen – wieso war er da nicht abgehauen?

»Ist dir übel?«

»Ich weiß nicht …«

»Verträgst du keinen Schaumwein?«

»Ich glaube, ich bin krank … Ich muss mal raus …«

Er hielt die Luft an. Wenn sie keinen Verdacht schöpfte und ihm den Schlüssel gab, brauchte er sich nur auf Zehenspitzen hinunterzuschleichen. Er würde die Haustür schon aufbekommen. Pech, dass er Schuhe und Jacke zurücklassen musste! Doch irgendwie würde er das schon schaffen.

»Josef!«, rief Frida gleichmütig.

Der brummte nur.

»Geh mit Stanislas … Lass ihn nicht allein, er fühlt sich nicht gut … Mach Licht …«

Als es so jäh hell wurde, blinzelte er irritiert. Trotzdem registrierte er den eiskalten Blick, mit dem ihn Frida Stavitskaja fixierte, wie eine Ohrfeige.

»Da hast du den Schlüssel, Josef …«

Der Hüne benutzte die Gelegenheit, um sich gegen die Wand zu drehen, und zog dabei fast die ganze Decke mit sich. Im Halbdunkel jenseits der Verbindungstür sah man Beine und Schuhe. Stan mimte einen Kranken, hielt sich den Brustkorb und machte ein schmerzverzerrtes Gesicht. Er wagte nicht, die Schuhe anzuziehen, aus Angst, Verdacht zu erregen. Sie waren ohnehin schon misstrauisch. Josef schlug den Kragen seiner Jacke hoch und erwartete ihn an der bereits offenen Zimmertür. Frida betrachtete sie beide, die Hände im Nacken verschränkt.

»Bleib nicht zu lange …«

Die Toilette war am Ende des unbeleuchteten Korridors. Josef hatte die Zimmertür offen gelassen, damit sie wenigstens etwas Licht hätten.

Wie hätte er es auch anstellen sollen! Er hatte keine Waffe, nicht einmal einen harten Gegenstand, mit dem er zuschlagen konnte! Frida hätte alles gehört! Beim geringsten Geräusch würde sie den Koloss wecken, und der wäre mit einem Satz …

»Mir ist wirklich schlecht …«, ächzte er. Vielleicht erbarmte sich ja dieser sonderbare Josef.

Keine Antwort. Der Krankenpfleger stand unbeweglich hinter ihm, wartete. Gewöhnlich konnte Stan sich mühelos auf Kommando übergeben, aber jetzt, wo es wirklich darauf ankam, schaffte er es nicht, würgte ohne jeden Erfolg so lange, bis ihm die Tränen in die Augen traten.

»Mir ist schlecht …«, wiederholte er.

Das sagte er nicht für die anderen, sondern für sich. Er hatte Angst, und er fror. Er zitterte. Am liebsten hätte er um Hilfe gerufen, damit aus sämtlichen Türen des Hauses Leute herbeieilten. Was würde als Nächstes passieren? Würden die anderen ihn dann umbringen?

Er gab sich einen Ruck. Was beschwor er da herauf! Es kam ihm vor, als habe er laut gedacht, als könne man in ihm lesen wie in einem offenen Buch.

»Es geht nicht … Besser, ich leg mich wieder hin …«

Abermals marschierte Josef hinter ihm. Stan kehrte in die Helligkeit zurück, fand alles unverändert vor – Fridas Blick, ihre dunklen Haare auf dem Grauweiß des Kopfkissens, den Hünen, dessen Fleischmassen sich im Bett auftürmten, und auf dem Boden verstreut Gläser und Flaschen.

»Es ging nicht!«, erklärte er. »Die Schmerzen sitzen hier …«

Sollte er sich wieder ins Bett legen? Sie forderte ihn nicht dazu auf. Es wäre auch gar kein Platz mehr für ihn gewesen, weil sie sich inzwischen breitgemacht hatte.

»Wenn keine Decken mehr da sind, gib ihm meinen Mantel, Josef.«

Er musste sich wie die anderen auf den Fußboden legen, genau neben das Bett. Frida konnte ihn mit ausgestrecktem Arm berühren, was sie auch tat, als es wieder dunkel war. Sie betastete sein Gesicht, bemerkte den Schweiß auf seiner Stirn und fragte:

»Frierst du?«

Er wagte nicht, die Augen zuzumachen. Er lauschte ihrem Atem, der immer regelmäßiger ging; auf der Grenze zwischen Wachen und Schlaf stieß sie einen zufriedenen Seufzer aus.

Er sah, wie sich auf den Gardinen graue Linien von den Fensterläden abzeichneten und dann allmählich verblassten. Es war jetzt wesentlich kälter, und man konnte erkennen, was da alles auf dem Fußboden herumlag.

Machte er sich klar, was er da tat? Er hatte Hunger. Seit den *andouilles* hatte er nichts mehr gegessen. Der Teller mit der Räuchergans stand einen Meter entfernt auf dem Boden. Er streckte den Arm aus und angelte sich ein großes Stück, an dem er sofort zu nagen begann. Er kaute zwar so leise wie möglich, aber Frida musste das Geräusch gehört haben. Ohne die Augen zu öffnen, langte sie nach unten, suchte, berührte die Nase, die Wange, ertastete das Gänsefleisch und war beruhigt.

Es war schon spät. Längst hatte ein Hotelgast nach dem anderen sein kleines Kabuff verlassen. Direkt über ihnen hörte man eine Frau singen, dann kamen die Autobusse, die Taxis, und schließlich begann der Betrieb auf dem Marché Saint-Antoine: Männer, Frauen, die neugierig von einem Stand zum nächsten zogen und unschlüssig überlegten, was sie an diesem Tag essen sollten.

Die Fensterläden standen offen. Der Hüne hatte sich

mit grimmiger Miene das Gesicht gewaschen, dabei geprustet und im ganzen Zimmer Wasser verspritzt. Frida kochte Kaffee. Josef war wortlos verschwunden, doch die anderen wussten offenbar alle genau, wohin er ging.

Dass sich niemand um Stan kümmerte, war irritierend. Ihm war nicht klar, woran ihn das erinnerte, aber an irgendetwas erinnerte es ihn – Menschen, die aufstehen und beim Schein einer Tranfunzel herumtappen, übel gelaunt, mit belegten Zungen, mundfaul.

Ihm war aufgefallen, dass Frida nach Josefs Weggang die Tür wieder abgeschlossen und den Schlüssel in die Tasche ihres Morgenrocks gesteckt hatte. Von Zeit zu Zeit trat sie ans Fenster und spähte durch die verstaubten Vorhänge.

Als er mit Nouchi nebenan wohnte, hatte er oft an der Wand gelauscht und sich nach den Stimmen, dem Kommen und Gehen das Leben da drüben als beneidenswert vorgestellt.

Es kam vor, dass sie mehrere Tage lang nicht ausgingen, zumindest die drei Drahtzieher, Frida, Iwan und Josef, der mit Familiennamen Sibirski hieß. Sie standen auf, wenn sie keine Lust mehr hatten, im Bett zu liegen. Sie kochten Tee oder Kaffee. Sie aßen. Sie hatten immer massenhaft Lebensmittel da, die überall herumlagen, Getränke ebenfalls, Schnaps, Wein, Champagner. Alle rauchten. Manchmal machte Josef Musik und saß dabei im Schneidersitz auf dem Boden.

Mitunter erschien der Baron oder Kellermann, ein dunkler, schweigsamer Typ.

Frida hatte mit Josef und auch mit Iwan ein gewissermaßen offizielles Verhältnis. Als sie einmal allein zu Hause war, empfing sie Herrenbesuch, Stan hätte schwören können, dass es Kellermann war. Er hatte mit gedämpfter Stimme gesprochen. Sie hatte gelacht. Dann Geräusche, die sich wie ein Ringkampf anhörten und mit einem Aufstöhnen von Kellermann endeten.

Dieser feilte sich nun gerade die Nägel, denn er hielt auf sein Äußeres. Zuvor hatte er sich ausgiebig vor einer Spiegelscherbe rasiert und gekämmt.

»Geht's dir besser, Stanislas Sadlak?«, erkundigte sich Frida, während sie den Kaffee aufbrühte.

Er wusste nicht, wohin mit sich. Er hatte kaum gewagt, die Schuhe anzuziehen, vor lauter Angst, sie könnten daraus schließen, dass er fliehen oder sie verraten wollte.

»Wo genau liegt dieses Hallencourt?«

»Bei Amiens …«

»Gib mir mal die Landkarte, Iwan.«

Der Hüne entnahm Josef Sibirskis Manteltasche ein Lederetui voller Papiere, darunter etliche Pässe, wie Stan mit einem Seitenblick feststellte. Er legte eine Straßenkarte für das nördliche Frankreich auf den Tisch. Frida beugte sich darüber.

»Ist es ein stattlicher Hof?«

»Vierzig Hektar Weizen und Rüben …«

»Wie viel Leute?«

»Drei. Der Bauer, seine Frau und ein Knecht … Die beiden Töchter sind verheiratet und wohnen im Dorf …«

»Wie weit ist das vom Hof?«

»Ungefähr einen Kilometer …«

Er traute sich nicht in die Nähe des Fensters. Sie schienen jede seiner Bewegungen genau zu beobachten.

»Als Erstes warten wir, bis Josef zurückkommt. Er kann Karten lesen.«

Doch Josef erschien nicht. Er war bereits seit einer Stunde weg, und sie hatten ihren Kaffee schließlich getrunken. Übel gelaunt hatte sich Iwan wieder aufs Bett gelegt und starrte an die Decke.

Frida wusch sich nebenan. Sie hatte die Verbindungstür offen gelassen, ohne sich darum zu kümmern, ob man ihr zusah.

»Langweilst du dich, Stanislas Sadlak? Überlegst du, wo Nouchi ist? Ich will dir mal was sagen: Das ist kein Mädchen für dich! ... Und wenn ihr Vater zehnmal Rechtsanwalt in Budapest war ... Was ist denn aus ihm geworden, diesem großartigen Vater? Und aus der Mutter? Und der Schwester? ... Ich geh jede Wette ein, die sind immer noch in New York, und Vater Kersten pumpt tagaus, tagein seine Landsleute an ... Ich selber hab sie ja nicht gekannt, aber Kellermann schon, der ist ja auch ein halber Ungar ... Die sind anscheinend alle nicht ganz richtig im Kopf ... Seitdem sie ihn ausgewiesen haben, weil er bei der Revolution von Béla Kun mitgemischt hat, geruht Vater Kersten nicht mehr zu arbeiten ... Er lässt lieber seine Töchter und seine Frau schaffen ... Er aber macht Besuche, schreibt Briefe, in denen er sich über sein Schicksal beklagt und um Geld bettelt ... Und diese Briefe müssen dann seine Frau und seine Töchter persönlich überbringen ... Kapierst du?«

Er hörte zu und registrierte genau, was sie sagte. Aber gleichzeitig war er in Gedanken woanders. Entweder war Inspektor Mizeri ein Trottel, oder er hatte die Adresse des Hôtel de Birague mittlerweile herausgefunden. In dem Fall musste er unten sein oder irgendwo in der Nähe auf der Lauer liegen. Kam Josef deshalb nicht zurück? Hatte man ihn verhaftet?

Schritte auf der Treppe rissen ihn aus seinen Überlegungen. Vor der Tür sagte eine Stimme:

»Ich bin's!«

Frida öffnete. Josef trat ein, unter dem einen Arm zwei Brote, in der anderen Hand ein paar Pakete. Die beiden wechselten einen Blick. Dann verzogen sie sich in eine Ecke und flüsterten dort so leise miteinander, dass man keine Silbe verstehen konnte.

»Habe ich es mir doch gedacht!«, sagte sie schließlich laut. »Iwan! ... Nein! Nicht ihr andern. Ich will mit Iwan sprechen ... Steh auf, Fettsack ...«

Offenbar hatte sie ihm eine Menge zu sagen, denn sie dirigierte ihn ins Nebenzimmer und zog die Tür hinter sich zu. Josef schnitt sich eine Scheibe Brot ab, bestrich sie mit Butter, goss sich eine Tasse kalten Kaffee ein und suchte sich ein Stück Gänsebraten aus, das noch ansehnlich war.

»Hast du an die Zigaretten gedacht?«, erkundigte sich der Baron.

Wortlos zog Josef sechs Päckchen aus seinen Taschen und legte sie auf den Tisch. Dann pflanzte er sich vor dem Fenster auf und sah auf die Straße hinunter, immer noch mit vollen Backen kauend.

Genau gegenüber stand ein Fenster offen; ein Dienstmädchen schüttelte die Teppiche aus und klopfte sie.

Endlich kamen Frida und Iwan zurück. Iwan, nun sehr ernst und nachdenklich geworden, legte Hemdbrust und Krawatte an, wovon er aber nur noch plumper und unbeholfener wirkte.

»Wo bist du, Stanislas Sadlak?«

Wo hätte er schon sein sollen, wo sie ihn doch hier gefangen hielten?

»Du erinnerst dich an unsere Abmachungen von heute Nacht? Wir haben keinen Sou mehr und müssen dringend an die Arbeit. Josef zeigt Iwan gerade deinen Hof auf der Karte ... Iwan ist Bauer und kennt sich auf dem Land aus ... Du kannst dich auf ihn verlassen ... Jetzt müssen wir dir erklären, wie das Ganze sich abspielen soll ... Die Sache ist ganz einfach ... Du gehst ins Kaufhaus, ins Bazar de l'Hôtel de Ville, und wartest ab, bis es richtig voll ist, weil dann die Verkäufer nicht so genau auf die Kunden achten ... In der Haushaltswarenabteilung kaufst du ein Beil ... Ein gewöhnliches Küchenbeil ... So ein Ding ist immer noch am praktischsten und auch weniger verdächtig, weil das zu Tausenden verkauft wird! ...«

Er zog die Nasenflügel zusammen, hörte zu und wagte nicht, den Blick von ihr zu wenden. Sie saß mit übereinandergeschlagenen Beinen auf der Tischkante und rauchte eine Zigarette – ihre Umrisse zeichneten sich scharf gegen das milchige Rechteck des Fensters ab.

»Muss ich allein hingehen?«, erkundigte er sich.

Warum redete er schon wieder, statt den Mund zu halten? Verriet er dadurch nicht wieder seine Absicht? Frida unterdrückte nur mühsam ein Lächeln – da hatte er den Beweis!

»Ja, du erledigst das allein … Aber Iwan wird dir folgen … Kapiert? … Wenn du das Küchenbeil gekauft hast, gehst du in die Rue des Francs-Bourgeois … Dort ist ein Sanitätshaus … Du könntest zwar beides im Bazar de l'Hôtel de Ville besorgen, aber das wäre unvorsichtig … In dem Sanitätshaus verlangst du ein Paar Gummihandschuhe … Ganz gewöhnliche, ohne Extras … Die Leute vergessen einen viel schneller, wenn man nichts groß erklärt …«

Die anderen hörten zerstreut zu. Iwan zog einen Mantel an, der ihm bis ans Kinn reichte.

»Iss irgendwo eine Kleinigkeit, und trink ja keinen Alkohol. Sobald es dunkel wird, gehst du zur Porte Maillot … Dort suchst du dir ein Auto aus, am besten einen Lieferwagen, die fallen weniger auf, vor allem auf dem Land … Iwan fährt mit dir … Das Übrige erklärt er dir dann …«

Er hätte gerne etwas gesagt, Fragen gestellt, Einwände gemacht, spürte jedoch, dass er auf eine Mauer des Schweigens gestoßen wäre.

Kellermann kam aus dem Zimmer nebenan, auch er in Mantel und Filzhut.

»Du wirst schon sehen, es ist ganz einfach … Hast du ein bisschen Geld?«

»Ich hab noch hundertfünfzig Franc …«

»Das reicht.«

Er konnte sich gar nicht mehr erinnern, wie er auf die Straße gekommen war. Ohne sich zu verabschieden, war er hinausgetaumelt. Es hatte ihn ins Freie getrieben, doch als er den Fuß aufs Pflaster gesetzt hatte, fühlte er sich auch nicht sicherer.

Wenn er sofort zur Ecke Rue Saint-Antoine losgerannt wäre und das Glück gehabt hätte, auf einen vorbeifahrenden Autobus aufzuspringen? Iwan befand sich noch im Hotelkorridor und Kellermann auf der Treppe. Keine fünfzig Meter entfernt unterhielten sich zwei Männer vor einem Schusterladen.

Und der Hotelbesitzer? Er hatte ihn nicht gesehen, es war nur so ein Gedanke – und wenn …

Natürlich, das war seine einzige Chance! Also nichts wie los! Er legte Tempo vor, um einen Vorsprung zu gewinnen. Geistesabwesend betrachtete er den Süßwarenladen neben dem Kino Saint-Paul und dachte sehnsüchtig daran zurück, wie er erst kürzlich Arm in Arm mit Nouchi hier vorbeigekommen war.

Ohne langes Nachdenken betrat er die erstbeste Bar. Er war sehr aufgeregt, wie er bei einem Blick in den Spiegel feststellte.

»Einen Grog! … Haben Sie …«

Telefon, wollte er sagen und sich dann sofort in die Kabine stürzen und Inspektor Mizeri anrufen.

So ein Pech! Kellermann stand bereits in der Tür. Er kam in die Bar, postierte sich unweit von Stan mit aufgestützten Ellbogen an der Theke und ließ ihn nicht mehr aus den Augen. Die langen dunklen Wimpern verliehen seinem Blick etwas Sanftes, Weibliches und zugleich Bedrohliches.

»Was wollten Sie?«

»Nichts ... Einen Grog ...«

»Sie sagten doch noch etwas«, hakte der Kellner beharrlich nach.

Und zu allem Überfluss fügte er hinzu:

»Wollten Sie vielleicht telefonieren?«

»Nein!«

Kellermann tat, als kennte er Stan nicht, und bestellte einen Kaffee.

Stan musste einen anderen Ausweg finden. Das konnte er allerdings nur schaffen, wenn er nicht die Nerven verlor, sondern kaltblütig die Lage einschätzte, alles genau bedachte. Doch er wusste plötzlich nicht mehr weiter – ihm drehte sich der Kopf.

Frida hatte ihn heraufgerufen, ihn die ganze Nacht über in ihrem Zimmer festgehalten, ihn dann losgeschickt, ein Küchenbeil und Gummihandschuhe zu kaufen, und schließlich diese komplizierte Geschichte mit dem Hof in Hallencourt eingefädelt – das alles konnte doch kein Zufall sein.

Aber woher konnte sie erfahren haben, dass er Inspektor Mizeri getroffen hatte?

Er machte sich wieder auf den Weg, kam an einem großen Möbelgeschäft vorbei, und allein die Vorstellung, dass manche Leute sich Wohn-, Ess- oder Schlafzimmer einrichteten ... Doch, halt! Kein Blick zurück! Kellermann war ihm auf den Fersen. – Aber Iwan?

Was, wenn er sich an einen Polizisten wandte, zum Beispiel den dort drüben auf der Kreuzung, und ihm sagte …

Er wäre zweifellos ein toter Mann! Die anderen waren bewaffnet. Sie ließen ihn ja nur frei herumlaufen, weil sie genau wussten, dass sie ihn fest an der Kandare hatten.

Sie hatten einen Plan, warteten etwas Bestimmtes ab. Aber was?

Und er ging weiter, ein Passant unter Tausenden und Abertausenden, die einen Fuß vor den anderen setzten, sich durch das Gewühl schoben, am Bordstein warteten, um die Straße zu überqueren, mitunter drängelten oder vor einem Schaufenster stehen blieben.

Gab es auf der Welt auch nur einen einzigen Menschen, der in derselben Lage war wie er? Er registrierte, wenn auch unbewusst, die bekannte Fassade: das Bazar de l'Hôtel de Ville mit seinen Auslagen davor, auf dem Bürgersteig direkt gegenüber …

Einstweilen würde er das Küchenbeil kaufen. Damit gewann er etwas Zeit.

»Entschuldigen Sie, Monsieur … Wo finde ich Haushaltsartikel? …«

Er konnte dem Mann in der schwarzen Uniform schlecht sagen:

›Verständigen Sie die Polizei … Tun Sie irgendwas … Die legen mich womöglich jeden Augenblick um …‹

Wo war Kellermann? Statt seiner entdeckte er Iwan hinter einem Ladentisch.

»Im Souterrain!«

Und wenn es ihm gelänge, sich allein in einen Fahrstuhl

zu drängen? Ausgeschlossen. Die anderen waren die Stärkeren – ein niederschmetterndes Gefühl. Warum hätten sie ihn sonst, ja, noch einmal, warum hätten sie ihn sonst so frei herumlaufen lassen?

Er ging die Treppe hinunter, und ein Geruch nach Emaille, Petroleum und Linoleum umgab ihn. Menschenmassen schoben ihn hin und her. Er gab jetzt auch den letzten Widerstand auf, suchte die Küchengeräte, das Küchenbeil …

»Sie wünschen, Monsieur?«

Ein zierliches junges Mädchen mit schwarzer Schürze. Dahinter Kellermann. Iwan war wieder einmal verschwunden.

»Ich hätte gerne … Ein Küchenbeil … Das heißt …«

Wenn er stotterte, zögerte, würde er die Aufmerksamkeit auf sich lenken, und wenn dann in der Zeitung stand …

»Hier lang … Fernande! … Ein Küchenbeil …«

Er dachte an Nouchi. Wenn er sich doch nur mit ihr in Verbindung setzen könnte!

»Ein Küchenbeil, in welcher Preislage? … Diese Ausführung hier haben wir gerade im Angebot zu siebenunddreißig fünfundsiebzig …«

Die Ironie dieser harmlosen Formulierung ließ ihn buchstäblich erstarren! Diese Ausführung im Angebot zu siebenunddreißig fünfundsiebzig! Das war noch nicht alles!

»Dann gibt es noch diese stabilere Ausführung zu …«

Stabiler! Das durfte doch nicht wahr sein! Jetzt musste einfach etwas passieren! Das junge Mädchen, dem links ein Zahn fehlte, würde gleich anfangen zu lachen und ihm zurufen:

›Los, aufwachen, verdammt noch mal!‹

Oder sonst irgendetwas! Unmöglich, dass Tausende von Menschen in dieser grellen künstlichen Beleuchtung inmitten von Töpfen, Radioapparaten, Gartengeräten, Opalglaslampen …

Und doch – Kellermann war da, leibhaftig!

»Gut … Geben Sie mir …«

»Das zu siebenunddreißig fünfundsiebzig?«

»Ja …«

Er hatte bereits die Hand in der Tasche.

»Sie zahlen bitte an der Kasse … Dort drüben … Haben Sie sonst noch einen Wunsch?«

Hatte er sonst noch einen Wunsch?

Diese Verkäuferin würde er jederzeit unter Tausenden, unter Hunderttausenden wiedererkennen, nie mehr würde er die kleine Zahnlücke vergessen, nie mehr!

5

Unwichtige Einzelheiten wie die Zahnlücke der kleinen Verkäuferin blieben erstaunlich klar in seinem Gedächtnis haften. An den Höhepunkt des Tages hingegen, als seine Erregung sich bis zum Äußersten steigerte und dann wieder legte, behielt er nur eine verworrene, demütigende Erinnerung.

Als er in der Früh im Zimmer der Polen aufgewacht war oder vielmehr als das Tageslicht dieser schlaflosen Nacht ein Ende bereitet hatte – wer hätte da ahnen können, dass er, noch bevor der Vormittag um war, lächeln würde?

Es war ein ungezwungenes Lächeln, ein wenig ironisch, aber durchaus auch liebevoll.

Er saß auf einem Stuhl, dessen Sitz mit rotem Samt bezogen war. Ebenso gut hätte er sich auch in den leeren Sessel daneben setzen können. Vor ihm stand ein runder Tisch mit einer Fransendecke, dahinter ein grauer Marmorkamin mit schwarzen Marmorverzierungen, wie man sie nur noch in Verwaltungsgebäuden fand.

Es herrschte eine feierliche, gedämpfte Stille wie in einem Kloster. Links und rechts des Kamins hingen zwei große Bilderrahmen. Im linken waren zahlreiche ovale Fotografien, säuberlich in Reihen geordnet, oben die größten, unten die kleineren, und darüber stand der Satz:

»Angehörige der Städtischen Polizei, gefallen auf dem Feld der Ehre.« Im Rahmen rechts das Pendant: »... gefallen in Ausübung ihres Dienstes.«

»Kasse! ... Eine Barzahlung: hundertsiebzehn ... Das Angebot zu siebenunddreißig fünfundsiebzig ...«

Jemand rempelte ihn an. Er drehte sich wütend um, hielt jedoch den Mund, als er den breiten Rücken des Hünen erkannte. Was spielten sie für ein Versteckspiel mit ihm? Was hatten sie vor? Warum sah er einmal den einen, dann den anderen, aber nie beide zusammen?

»Haben Sie vielleicht fünfundzwanzig Centime?«

Er war ihnen in die Falle gegangen. Am Vortag hatte er um die gleiche Zeit *andouille* gegessen. Nein! Er war mit Essen bereits fertig gewesen und hatte mit Inspektor Mizeri am Tisch gesessen. Wenn der ihm seine fünftausend Franc sofort gegeben hätte ...

Immer dieser Drang, schleunigst abzuhauen, die Beine unter die Arme zu nehmen, wie man sagt ... Aber es war wie in allen Träumen: Er dachte es, er wollte es, und am Ende wurde doch nichts draus. Das in braunes Packpapier gewickelte Küchenbeil unter dem Arm, ließ er sich schließlich vom Menschenstrom forttragen, und dabei wurde er nicht einmal wahrgenommen.

Doch das war es nicht, was Stan lächeln ließ. Es war vielmehr die Frau, die ihm gegenüber im Wartezimmer saß, eine junge, hübsche, elegant gekleidete Frau. Auf der Straße oder wo immer hätte sie den schäbigen Polen keines auch noch so verächtlichen Blickes gewürdigt.

Hier aber biss sie in ihr Taschentuch, betupfte sich die

Nase, die Augen, verzog die Lippen, als würde sie gleich losweinen. Von Zeit zu Zeit stand sie auf, trat auf den Korridor hinaus, wandte den Kopf nach links, nach rechts und kehrte jedes Mal noch nervöser zurück, bedachte Stan mit einem gequälten, entschuldigenden Lächeln, kramte in ihrer Handtasche nach ihrer Uhr.

Er war am Ziel! Seine Erregung verebbte allmählich, er schüttelte sie langsam, genüsslich ab, wie man es bei tiefer Erschöpfung tut.

Die unbekannte Frau dagegen steigerte sich immer mehr in ihre Erregung hinein. Eine Liebesangelegenheit? Ein Liebhaber? Ein Ehemann? Erpressung? Seit über einer Stunde ließ man sie nun schon hier warten, und niemand kümmerte sich um sie.

Immerhin zuckten von Zeit zu Zeit Stans Nasenflügel, ähnlich wie man noch lange nach einem Tränenausbruch von Schluckauf geplagt wird. Offenbar hatte er dabei ein Geräusch gemacht, denn die Frau beobachtete ihn erstaunt.

Es war alles wie ein Wunder! Warum sonst säße er, Stan, jetzt hier am Quai des Orfèvres im Gebäude der Kriminalpolizei am Ende eines langen Korridors im zweiten Stock! Im Vorbeigehen hatte er im Erdgeschoss ein Türschild mit der Aufschrift *Abteilung Beherbergungsgewerbe* gesehen und im Hof ein leeres Polizeiauto und den Gefangenentransporter.

Letztlich war alles so gekommen, weil er sich verlaufen hatte. Er hatte es nicht absichtlich getan, geschweige denn geplant. Beim Verlassen des Kaufhauses Bazar de l'Hôtel de Ville war er resigniert gewesen, schicksalsergeben, zumindest im Moment. Das abwechselnde Auftauchen des Hünen Iwan und dieses Kellermann mit den seidigen Wimpern, der ihm noch größere Angst einjagte, hatte ihn fertiggemacht. Er wollte sich eine Verschnaufpause gönnen. Zunächst würde er die Gummihandschuhe kaufen, wie von ihm verlangt. Danach blieben ihm noch Stunden, in denen er in Ruhe, fern vom Getümmel, nachdenken konnte.

Dieses Getümmel war an allem schuld … Er kannte das Viertel gut, musste sich jedoch in der Straße geirrt haben. Er stolperte zwischen den Lieferwagen des Kaufhauses herum, wurde von den Fahrern in graublauer Uniform angeschnauzt.

Er war fest überzeugt gewesen, sich auf dem Weg zur Rue des Francs-Bourgeois zu befinden. Allerdings hatte er nach wenigen Minuten gemerkt, dass er sich hoffnungslos verlaufen hatte, kehrtgemacht, auf dem blauen Schild einen unbekannten Straßennamen gelesen und dann ohne jeden Hintergedanken einen Passanten angesprochen.

Wenn er vorher überlegt hätte, wäre das nicht passiert. Iwan oder Kellermann, seine beiden Aufpasser, könnten annehmen, dass er sie verraten wollte; und in dem Fall würden sie garantiert ohne Zögern schießen.

Aber, nein! Er fragte ganz naiv:

»Entschuldigen Sie, Monsieur … Können Sie mir bitte sagen, wie ich zur Rue des Francs-Bourgeois komme? …«

Er merkte nicht, dass sein Gegenüber – offensichtlich ein braver Durchschnittsbürger mit ordentlichem Beruf – kaum weniger aufgeregt war als er.

Der Mann hatte ihm den Weg erklärt. Stan war weitergegangen, das Küchenbeil unter dem Arm. Seine Todesangst hatte ihn gleichsam betäubt. War es nicht ein weiterer Zufall, dass er, in der Rue des Francs-Bourgeois angekommen, das fragliche Geschäft nicht fand? Er war sicher, es schon mal gesehen zu haben. Als er sich plötzlich Kellermann gegenübersah, dessen Blick noch bedrohlicher als je zuvor wirkte, klapperten ihm die Zähne.

Wie konnten ihm die beiden glauben, dass er ohne jede böse Absicht so in der Gegend umhergeirrt war? Er hatte Angst. Seine Angst wuchs von Sekunde zu Sekunde. Ganz bestimmt würden sie ihn zwingen, mit dem Küchenbeil Menschen umzubringen, und zwar ausgerechnet die Bauern, bei denen er rote Rüben geerntet hatte. Bei seinem Pech würde man ihn garantiert verhaften und hinrichten …

Eine Apotheke, eine Bäckerei und … Dort vorn war sein Laden, das schmale Schaufenster vollgestopft mit Sanitätsartikeln. Ohne zu zögern, trat er ein. Als der Inhaber aus dem rückwärtigen Teil des Raumes, in dem Bruchbänder und Beinprothesen hingen, nach vorn kam, sah Stan, dass er einen Klumpfuß hatte.

»Ich hätte gern Gummihandschuhe …«

»Für Sie selber?«

Die Frage machte ihm Angst. Mechanisch drehte er sich um und entdeckte den Unbekannten, den er kurz zuvor nach dem Weg gefragt hatte und der jetzt die Ladentür aufmachte und hereinkam. Hinter dem Schaufenster tauchte Kellermanns Gesicht auf.

Woher nahm er die Gewissheit, dass er dem Unbekannten an diesem Tag schon einmal begegnet war, und zwar im Souterrain des Kaufhauses?

Insgesamt also dreimal …

»Ich hab Sie was gefragt …«, mahnte der Klumpfuß.

Der Ladeninhaber und die Gummihandschuhe konnten ihm gestohlen bleiben! Ohne das Schaufenster, hinter dem Kellermann stand, aus den weit aufgerissenen Augen zu lassen, stieß Stan fast inbrünstig hervor.

»Monsieur … Ich flehe Sie an … Nehmen Sie mich mit … Verhaften Sie mich … Ich weiß, die wollen mich umbringen … Gehen Sie mit mir zu Inspektor Mizeri, der …«

Unauffällig stellte er sich so hin, dass der so friedfertig wirkende Unbekannte von der Kugel getroffen worden wäre, falls Kellermann geschossen hätte.

»Ich beschwöre Sie! … Ich weiß, wer Sie sind und warum Sie mich bis hierher verfolgt haben … Sie kennen die nicht so genau wie ich … Haben Sie Erbarmen! … Erbarmen, verstehen Sie? … Bei allem, was Ihnen lieb und wert ist …«

Hatte er das wirklich gesagt? Er konnte sich nicht mehr daran erinnern. Er hatte den Kopf verloren. Er war bereit gewesen, sich notfalls auf die Knie zu werfen, selbst in Gegenwart des Ladeninhabers.

Er spürte, dass der andere zögerte und überlegte, was er tun sollte. Und er sah, dass sich Kellermann entfernte, in der Menge untertauchte. Tränen schossen ihm in die Augen.

»Hören Sie zu! … Vielleicht gibt es hier Telefon …«

»Wir haben kein Telefon«, erklärte der Klumpfuß barsch.

»Dann brauchen Sie mich doch nur zu Inspektor Mizeri zu bringen … Es gibt einiges, was er nicht weiß … Halten Sie ein Taxi an … Die sind imstande zu schießen, verstehen Sie?«

Der Ladenbesitzer glaubte einen Irren vor sich zu haben. Der Inspektor – er war wirklich einer, allerdings von der Kriminalpolizei und nicht von der Fremdenpolizei – zögerte immer noch.

»Von mir aus! … Kommen Sie mit …«

»Zu Fuß? … Haben Sie denn nicht begriffen? … Die werden schießen … Sie sind beide bewaffnet …«

Das war so dahingesagt, er wusste es nicht sicher. Jetzt wurde ihm bewusst, dass er erstaunlicherweise keine Revolver in den beiden Zimmern gesehen hatte. Aber vielleicht lagen sie in den Schubladen versteckt?

»Also, gut! Nehmen wir ein Taxi …«

Er schleppte das Paket mit dem Küchenbeil immer noch mit sich herum. Während der ganzen Fahrt im Taxi hatte sein Begleiter einen verdrossenen Eindruck gemacht.

»Abwarten, was der Chef sagt … Mit dem müssen Sie klarkommen …«

Acht, ja, sogar noch zwei Tage zuvor hätte ihn der Gedanke, diese breite graue Treppe hinaufzugehen, in Schrecken versetzt, jetzt machte sich nichts als Erleichterung in ihm breit.

Es war überstanden! Mit dem Rest würde er schon klarkommen. Hatte er denn jemals etwas wirklich Schlimmes getan?

Damals, an der Grenze, hatte ja Jagow geschossen. Und das Geld hatte er seinem Vater doch nur gestohlen, weil er es unbedingt brauchte und zeitraubende Erklärungen vermeiden wollte.

In Berlin hatte er keine Verbrechen begangen. Er besaß Geld und verbrachte seine Nachmittage im Kino. Dann hatte er wegen des Winters beschlossen, nach Monte Carlo zu fahren, sich diesen alten Wunschtraum zu erfüllen.

Und obwohl er fast drei Monate dortgeblieben war, hatte er das Spielcasino kein einziges Mal betreten und erinnerte sich kaum, das Meer auch nur flüchtig gesehen zu haben.

Es gibt solche Zufälle! Er musste arbeiten. Gleich nach seiner Ankunft hatte er eine Stelle als Boy im Beauséjour gefunden, einem ruhigen Hotel, so einer Art Familienpension für Engländer.

Immer wieder sagte er sich:

›Wenn ich ein bisschen Geld beiseitegelegt habe, gehe ich damit spielen.‹

Doch es blieb bei den guten Vorsätzen! Er hatte Mr. Bullit, den ehemaligen englischen Konsul in Wilna, wiedererkannt. Ein stiller, freundlicher alter Herr, der allmorgendlich Punkt neun Uhr ins Casino marschierte, wie andere Leute ins Büro gehen, und geduldig bis zum Abend spielte, wobei er noch beim geringsten Einsatz auf Nummer sicher ging. Es hieß, er verdiene sich auf diese Weise seinen Lebensunterhalt.

Eines Tages – Stan sah den Korbsessel und Mr. Bullits weißhaarigen Kopf in der Sonne noch vor sich – hatte der Engländer ihn gerufen und ihm den Text eines Telegramms gegeben. Zuerst hatte er die Worte sorgfältig ausgezählt, dann die erforderlichen Münzen aufgestapelt und einen Franc Trinkgeld dazugelegt, denn er war in allem peinlich genau.

Unterwegs hatte Stan das Telegramm gelesen, in dem Mr. Bullit von seinem Bruder in Liverpool Geld verlangte: fünfhundert Pfund. Es war ebenso überraschend wie rührend, was da stand: *Bitte Sie inständig, mich noch dieses eine Mal zu retten, und schwöre Ihnen, dass es ganz bestimmt das letzte Mal sein wird …*

Stan überlegte, dachte alles durch. Es war ganz einfach, beinahe zu einfach. Die Hotelboys mussten regelmäßig die postlagernden Sendungen für die Gäste abholen, wofür sie deren Pässe mitnahmen.

Den Pass brauchte er sich nur in Mr. Bullits Zimmer einzustecken … Um sieben Uhr abends hatte er die fünfhundert Pfund kassiert … Um acht Uhr war er bereits in Nizza gewesen … Am folgenden Morgen hatte er sich an Bord eines italienischen Überseedampfers nach Amerika eingeschifft.

War das denn so schlimm?

Die Frau auf dem Stuhl gegenüber wurde immer nervöser. Zweimal hintereinander war sie abrupt aufgesprungen wie jemand, der am Ende seiner Kräfte ist. Er hätte sie gern beruhigt, ihr versichert, dass am Ende alles gut werden würde. War er denn nicht der beste Beweis dafür?

»Sie wissen wohl auch nicht, ob sie über Mittag zumachen?«, erkundigte sie sich.

»Die machen bestimmt nicht zu!«

»Sind Sie öfters hier? ... Kommt es vor, dass jemand drei Stunden verhört wird?«

»Aber ja.«

Ihr Blick hatte mitunter etwas Irres. Sie begleitete also jemanden, der in diesem Augenblick von einem Inspektor oder einem Kommissar verhört wurde.

Ihr Taschentuch war schon völlig zerfetzt. Den Griff ihrer Handtasche hatte sie auch zerbrochen. Sie trug hauchdünne schwarze Strümpfe zu ihrer schwarzen Kleidung. War sie in Trauer? Wurde ihr Begleiter wegen dieses Trauerfalls verhört? Und wenn ja ...

Stan kniff die Augen zusammen und runzelte die Stirn. Die Tür öffnete sich. Die Frau stand auf. Doch der Amtsdiener mit dem schlohweißen Haar sagte:

»Monsieur Stanislas Sadlak ... Würden Sie mir bitte folgen ...«

Trotz allem war ihm die Kehle wie zugeschnürt. Vom Korridor gelangte man in eine viereckige Halle, an der mehrere Büros lagen. Er wurde in eines geführt, einen kleinen, unscheinbaren Raum, in dem ein Mann saß und schrieb. Mit einer Handbewegung bedeutete er dem Besucher, sich zu setzen, und kritzelte dann weiter.

›Noch so ein typischer Franzose!‹, sagte sich Stan.

Er zumindest sah die Franzosen so, zum Beispiel den Kriminalbeamten vom Vormittag mit seinem schlecht geschnittenen Mantel, der schlecht gebundenen Krawatte, den gutmütigen, unschuldig blickenden Augen. Der Mann vor ihm dürfte Kommissar sein, war aber keineswegs besser angezogen als Inspektor Mizeri, wenn er auch eine Rosette der Ehrenlegion im Knopfloch trug. Sonntags ging er vermutlich mit Frau und Kindern Hand in Hand in irgendeinem Park spazieren.

»Sie wünschen?«

Der Mann schrieb unaufhörlich weiter, füllte emsig die Spalten eines Formulars aus. Bisher hatte er noch keinen Blick an seinen Besucher verschwendet, der nicht recht wusste, was er sagen sollte.

»Nun?«

»Ich halte es für besser, wenn ich mit Inspektor Mizeri sprechen kann. Er kennt nämlich den ganzen Fall.«

»Inspektor Mizeri gehört nicht zur Kriminalpolizei.«

»Hat er Ihnen erklärt ...«

Endlich hob der Beamte den Kopf. Er wirkte gelassen, gleichgültig. Offenbar interessierte ihn die Sache nicht. Womöglich wusste er auch gar nicht, worum es ging.

»Sie haben einen Kriminalbeamten auf der Straße angesprochen ...«

»In einem Laden!«, verbesserte Stan.

»... in einem Laden, von mir aus! Sie haben behauptet, Sie würden verfolgt und mit dem Tode bedroht ...«

»Inspektor Mizeri kennt die Zusammenhänge ...«

»Lassen wir Inspektor Mizeri aus dem Spiel, wenn es Ihnen nichts ausmacht. Was haben Sie mir also zu sagen?«

Es war nichts geschehen, sie hatten lediglich ein paar Worte gewechselt. Und dennoch fühlte sich Stan von neuem in die Enge getrieben. Wie immer in ähnlichen Fällen komplizierte er die Situation, weil er alles ganz genau wissen wollte.

So war er überzeugt, dass man sich durch einen solchen Empfang davor drücken wollte, ihm die fünftausend Franc zu zahlen, genauer die viertausendneunhundert. Wer konnte denn wissen, ob Mizeri und der Kommissar sich den Betrag nicht teilten?

»Ich werde Ihre Fragen beantworten!«, sagte er vorsichtig.

»Dann sind wir schnell fertig. Ich habe Ihnen keinerlei Fragen zu stellen und Sie auch nicht vorgeladen. Sie können gehen.«

Er griff nach der Klingel.

»Einen Augenblick noch, Herr Kommissar …«

»Ja?«

»Ich kann so nicht weggehen … Da ist was im Gange, das ich nicht verstehe …«

Schließlich wollte er ja nicht alle Karten auf den Tisch legen!

»Sagen Sie mir wenigstens, ob Sie heute früh Ihre Leute in der Rue de Biragué postiert hatten …«

»Zu welchem Zweck?«

»Das wissen Sie doch genau.«

Wieder die Handbewegung zum Klingelknopf.

»Hören Sie doch, bitte … Ich will ja nur der Justiz helfen, Inspektor Mizeri muss Ihnen das doch mitgeteilt haben … Ich bin kein Verbrecher … Meine Heimat musste ich aus rein politischen Gründen verlassen … Ich war keineswegs verpflichtet, Mizeri anzurufen und ihn um eine Zusammenkunft zu bitten … Ich war ihm gegenüber ganz offen …«

Der andere sagte kein Wort, sondern saß völlig unbeteiligt und geistesabwesend da.

»Es hat sich irgendetwas ereignet, wovon ich nichts weiß«, fuhr Stan fort. »Ich muss unbedingt herausbekommen, was da gelaufen ist … Mein Leben steht auf dem Spiel …«

»Hat man Sie bedroht?«

»Ja.«

»Dann erstatten Sie Anzeige wegen Morddrohung … Sind diese Drohungen in Gegenwart von mehreren Personen ausgesprochen worden?«

»Ja, vier oder sechs … Ich weiß das nicht mehr genau …«

Er geriet aus der Fassung, verlor den Boden unter den Füßen und wusste nicht mehr, wie er sich herauswinden sollte. Die Wanduhr hinter dem Kommissar zeigte fünf vor zwölf. Trotz seiner Behauptung der Frau im Wartezimmer gegenüber war er nicht sicher, ob die Büros nicht doch über Mittag schlossen.

»Sie müssen doch informiert worden sein, dass es sich um die Polenbande handelt …«

»Haben Sie darüber Angaben zu machen?«

»Ich habe Inspektor Mizeri davon berichtet …«

»Aha!«

Wie bekommt man einen solchen Menschen zu fassen?

»Wir hatten ausgemacht, dass er mir eine bestimmte Summe gibt …«

»Wie viel?«

»Fünftausend.«

»Und er hat Ihnen das Geld nicht ausgehändigt?«

»Er hatte nicht so viel dabei ... Hundert Franc hat er mir als Anzahlung gegeben ... Wir sollten uns noch mal treffen ...«

»Was hindert Sie daran, ihn aufzusuchen?«

»Ich kann hier unmöglich weg.«

»Sie haben doch nicht etwa die Absicht, den ganzen Tag in meinem Büro zu bleiben?«

»Ich bitte Sie, Herr Kommissar ... Sie müssen Inspektor Mizeri anrufen ... Er wird herkommen und Ihnen alles erklären, ganz bestimmt ...«

Spielte man ihm Theater vor? Stan hielt es durchaus für möglich, dass das Telefon nicht angeschlossen war.

»Hallo! ... Ist dort die Sûreté Nationale? ... Geben Sie mir bitte Inspektor Mizeri ... Was sagen Sie? ... Er ist auf Dienstreise? ... In der Provinz? ... Mehrere Tage? ... Vielen Dank ...«

Der Kommissar erhob sich, wollte sich vermutlich seinen Hut vom Kleiderhaken holen.

»Tut mir leid ...«

Jetzt sprang Stan auf.

»Das darf doch nicht wahr sein! ... Sie machen das alles absichtlich ... Entschuldigung! ... Ich weiß nicht mehr, was ich rede ... Begreifen Sie denn nicht, dass ich sämtliche Mitglieder der Polenbande kenne? ...«

»Dann rufe ich jetzt meinen Sekretär, damit er Ihre Aussage aufnimmt, und Sie unterschreiben sie nachher.«

»Ausgeschlossen! Sie wissen selber, dass das unmöglich ist. Wenn ich das täte, wäre mein Leben ja noch mehr in Gefahr! Ich hab kein Geld, keine Unterkunft. Ich weiß nicht mal, wo die Frau geblieben ist, mit der ich seit fünf Jahren zusammenlebe … Ich glaube, ich bin krank … Arbeiten darf ich auch nicht, weil ich keine Arbeitserlaubnis habe … Inspektor Mizeri weiß das sehr wohl … Er hatte mir versprochen … Hören Sie, Herr Kommissar … Wenn ich Ihnen alles sage, wenn ich Ihnen die Möglichkeit verschaffe, die Bande zu verhaften …«

»Kennen Sie sie denn?«

»Ich schwöre Ihnen, ich lüge nicht! Der Inspektor wird Ihnen bestätigen, dass es mir ernst ist. Ich kannte Frida schon in …«

Er biss sich auf die Zunge. Jetzt hatte er doch zu viel gesagt! Von nun an würde man ihm die Würmer aus der Nase ziehen und ihm nichts dafür geben! Denn die fünftausend Franc waren und blieben seine fixe Idee! Nach der ganzen Aufregung wollte er das Geld jetzt erst recht.

»Wer ist Frida?«

»Ein Mädchen, das ich von Wilna her kenne … Ich stamme nämlich aus Wilna … Frida auch … Eines Tages hat sie einen ihrer Liebhaber mit dem Beil erschlagen …«

Er dachte nicht mehr an das Paket, das er vor sich auf den Schreibtisch gelegt hatte. Der Kommissar nahm es, wickelte es aus und betrachtete das Küchenbeil.

»Erzählen Sie weiter …«

»Das hier erkläre ich Ihnen auch … Sie hat mich gezwungen, es zu kaufen …«

»Was zu kaufen?«

»Das Beil …«

»Mit dem sie ihren Liebhaber umgebracht hat?«

»Aber, nein! Wollen Sie denn nicht begreifen?«

Das hier war doch ein abgekartetes Spiel. Stan kämpfte ganz allein gegen eine feindliche Welt. Alles hatte sich gegen ihn verschworen. Er griff sich an den Kopf. Stand er nicht kurz vor einem Nervenzusammenbruch?

Mit starrem Blick und zusammengebissenen Zähnen stieß er hervor:

»*Sie* hat die Bande organisiert … Ich weiß das seit Amerika …«

»Was haben Sie denn in Amerika gemacht?«

»Ich war Zahnarzthelfer … Vielleicht ist diese Nachricht ja nicht bis nach Europa gedrungen – einen ganzen Winter lang gab es Überfälle auf abgelegene Farmen … Die Farmer hatte man immer mit dem Beil erschlagen … Man fand keinerlei Spuren, keinerlei Indizien … Erst nach einer Anzeige …«

Er wurde blass. Er hatte noch gar nicht daran gedacht, dass Frida jetzt zum zweiten Mal angezeigt wurde, und diesmal von ihm. Er senkte den Kopf, spürte, wie seine Ohren brannten. Nur jetzt nicht erröten!

»Los, machen Sie schon! Wir haben Mittag …«

»Entschuldigen Sie … Sie wurde verhaftet … Selbstverständlich hat sie geleugnet … Es gab keinen einzigen Beweis, den man gegen sie vorbringen konnte, nur Mutmaßungen ... Und sie wurde von den Geschworenen freigesprochen ... Aber ich hab sie auf den Zeitungsfotos wiedererkannt und wusste ...«

»Das heißt, Sie halten sie aufgrund einer reinen Vermutung für schuldig?«

»Nein, ich bin da absolut sicher ... Als dieselbe Art Verbrechen, auch mit dem Beil, in Frankreich begangen wurde, hab ich sofort an Frida gedacht ...«

»In welcher Absicht sind Sie nach Frankreich gekommen?«

Was sollte er darauf antworten?

»Oder, falls Ihnen das lieber ist, aus welchen Gründen haben Sie Amerika ungefähr um dieselbe Zeit verlassen wie diese Frida, von der Sie sprechen?«

»Ich schwöre Ihnen, Herr Kommissar! Sie denken doch nicht etwa ...? Das stimmt nicht! ... Das ist völlig abwegig! ... Ich bin ihr in New York nie begegnet ... Ich hab ihr Bild in den Zeitungen gesehen und sonst gar nichts ... Ich bin zurück nach Europa, weil ...«

Weil er seinen Chef hatte erpressen wollen, das war's! Seinen Chef, den Zahnarzt, der unter dem ehrenwerten Deckmantel in Wirklichkeit eine Abtreibungspraxis betrieb.

Jahrelang hatte ihm Stan dabei geholfen, und die ganze Zeit hatte er mit Nouchi in Saus und Braus gelebt. Dann war er unersättlich geworden. Der Zahnarzt hatte sich das nicht gefallen lassen und sich an eine Gangsterbande gewandt.

Stan hatte begriffen, dass er besser verschwand und dass die Polizei außerstande war, ihn zu beschützen.

War es nicht seltsam, dass sich die gleichen Ereignisse in so großen Zeitabständen wiederholten, zumindest beinahe …

»Nun?«, drängte der Kommissar.

»Ach ja … Entschuldigen Sie … Ich hatte mich mit meinem Chef verkracht … Ich dachte, in Frankreich …«

Jetzt hatte er den Faden verloren. Voller Entsetzen merkte er, wie er sich mit jedem Wort immer hoffnungsloser verstrickte. Das Grauenhafte dabei war der Automatismus bestimmter Dinge, bestimmter Verhaltensweisen, bestimmter Ereignisse …

»Was hab ich eben gesagt? … Ach ja … Als ich mit Nouchi nach Frankreich kam, lief alles nicht so, wie ich's mir erhofft hatte …«

»Was sind Sie von Beruf?«

»Ich hab keinen … Nur ein paar Semester Medizin studiert …«

»Weiter.«

»Ja …«

Wie gebannt starrte er auf die Uhr, in ständiger Angst, der Kommissar könnte zu seinem Hut greifen.

»Nouchi und ich sind in einem kleinen Hotel abgestiegen … Im Zimmer nebenan hab ich dann Fridas Stimme wiedererkannt … Ich bin Frida auch auf der Treppe begegnet … Das war genau zu der Zeit, als die Bauernhöfe im Norden überfallen wurden … Mir wurde klar …«

»Welches Hotel war das?«

»Das Hôtel de Birague …«

Das spielte jetzt auch keine Rolle mehr! Stans ganze Widerstandskraft war zusammengebrochen.

»Wohnt diese Frida noch dort? Kennen Sie ihren Nachnamen?«

»Frida Stavitskaja.«

»Wenn ich mich recht erinnere, sagten Sie, dass Sie auch die Namen all ihrer Komplizen kennen?«

»Inspektor Mizeri hatte mir versprochen ...«

»Ich bin Kommissar Lognon ...«

Was wollte er damit sagen?

»Da ist zunächst ihr ehemaliger Pfleger ... Sie müssen nämlich wissen, dass Frida nach ihrer Verhaftung in Wilna für verrückt erklärt und ...«

Er redete wie ein Wasserfall, verlor sich in zahllosen Einzelheiten und umständlichen Erklärungen. Über alles verbreitete er sich – Josef mit seiner grämlichen Eifersucht, den Hünen und das gemeinsame Bett, Kellermann, den Baron, der sein Geld bei Pferderennen verwettete, und die regelmäßigen Saufgelage zur Räuchergans.

Der Kommissar hatte sich wieder hingesetzt und machte sich in seiner akkuraten Schrift stichwortartig Notizen. Er stellte keine Fragen, sondern hob nur den Kopf, sobald Stan verstummte. Und Stan hatte solche Angst, sich selbst überlassen zu werden, dass er sofort mit neuen Erklärungen aufwartete.

»Eins verstehe ich nicht – dass Sie ausgerechnet in der darauffolgenden Nacht bei denen kampieren, nachdem Sie die ganze Bande kurz zuvor angeblich bei Inspektor Mizeri verpfiffen haben ...«

»Ich wollte es ja auch gar nicht … Frida stand auf dem Treppenabsatz … Der Hotelbesitzer hat mich hinaufgeschickt …«

»Und heute früh sind Sie ein Küchenbeil kaufen gegangen? Wie man mir berichtete, waren Sie außerdem gerade im Begriff, Gummihandschuhe zu kaufen …«

»Sie haben mich …«

Diesmal stand der Kommissar endgültig auf und zog seinen Mantel an.

»Ich danke Ihnen. Wir werden Ihre Angaben überprüfen.«

»Und was soll ich machen?«, fragte Stan bestürzt.

»Sie sind frei. Ich habe keinerlei Grund, Sie festzuhalten. Sie können Ihr Küchenbeil mitnehmen …«

»Aber, Herr Kommissar, wenn die noch in Freiheit sind, werden sie mich umbringen …«

Ein lahmes Achselzucken.

»Sie müssen mir helfen. Schließlich habe ich der Polizei ja auch geholfen! Ich habe als anständiger Mensch meine Pflicht getan! Wenn mir etwas zustößt …«

»Warum wollen Sie unbedingt, dass ich Sie verhafte?«

»Ich weiß nicht … Sie könnten mich doch wenigstens so lange festhalten, bis die ganze Bande im Gefängnis ist … Ich …«

Eine plötzliche Eingebung.

»Ich hab ein Recht darauf, hierzubleiben, im Gefängnis! Inspektor Mizeri kenne ich nämlich, weil er mich damals abgeschoben hat. Ich bin illegal nach Frankreich zurückgekommen …«

»Das betrifft die Dienststelle für Ausländer … Und wenn wir alle Ausgewiesenen, die sich in Frankreich rumtreiben, ins Gefängnis stecken wollten …«

»Warten Sie! … Nur noch ein paar Minuten … Wenn es nach Frida Stavitskaja gegangen wäre, hätte ich heute Abend die Bauern auf einem Hof bei Hallencourt umbringen müssen … Ich sollte an der Porte Maillot einen Lieferwagen klauen … Durch den Kauf des Küchenbeils hab ich doch bereits mit der Ausführung des Mordplans begonnen und demnach das Recht …«

Der Kommissar legte die Hand auf den Türknauf.

»Ich erkläre Ihnen nochmals, dass ich nicht mehr auf die Straße hinausgehen will! … Und wenn ich Sie nun beschimpfen würde? … Das wäre doch ein Fall von Beamtenbeleidigung und …«

Sollte er ihm von dem Angriff auf den Taxifahrer auf der Landstraße nach Versailles erzählen? Er hielt sich rechtzeitig zurück.

»Ich habe berechtigten Grund zu der Annahme, dass die Leute, vor denen Sie Angst haben, Sie in Ruhe lassen werden …«

»Sind sie verhaftet?«

»Das habe ich nicht behauptet.«

»Warum geben Sie mir dann keinen Ihrer Leute zum Schutz mit?«

»Wenn wir allen, die sich bedroht fühlen, Polizeischutz gewähren wollten … Es ist zehn nach zwölf … Ich bin verabredet … Wären Sie jetzt so freundlich zu gehen? …«

Der Kommissar schloss die Tür ab und schritt durch

den langen Korridor, ohne sich noch weiter um Stan zu kümmern. Der blieb oben an der Treppe stehen und traute sich nicht hinunter. Er konnte sich einfach nicht entschließen, diese friedliche, beruhigende Umgebung zu verlassen. Er schlenderte bis zum Ende des Korridors. Durch die Glaswand des Warteraums sah er die junge Frau, die immer noch dort saß und ihn angstvoll anstarrte. Das Verhör dauerte also weiter an!

Stans Frostbeulen begannen wieder zu schmerzen. Er hinkte stärker als nötig, steigerte sich in seine Verzweiflung hinein.

Die Korridore waren menschenleer. Nur hinter zwei oder drei Türen ahnte man noch etwas Betrieb. Der weißhaarige Amtsdiener saß hinter seinem Schreibtisch und aß.

Stan ging ein paar Stufen hinunter, blieb stehen. Konnte man ihn daran hindern, im Korridor zu bleiben? Nach einigen weiteren Stufen fiel ihm ein, dass er sein Küchenbeil nicht mitgenommen, sondern es im letzten Moment auf dem Stuhl liegen lassen hatte.

»Wenn nur …«

Wenn nur was? Er redete ziel- und zwecklos vor sich hin, wie immer, wenn er nicht mehr weiterwusste.

Der Hof … Das Polizeiauto stand immer noch da, ebenso der Gefangenentransporter … Ein eisiger Wind pfiff durch die Vorhalle. Er musste seinen Hut festhalten. Bevor er auf den Bürgersteig hinaustrat, sah er nach rechts, nach links, dann auf die gegenüberliegende Straßenseite und auf die Ufermauer der Seine.

Und wenn er sich in den Fluss stürzte? Man würde ihn

bestimmt herausfischen! Und ihn ins Krankenhaus bringen! Doch wenn man ihn gar nicht bemerkte oder ihm zu spät nachsprang?

Er wollte beides zugleich: sich fortbewegen und auf der Stelle verharren. Und dabei humpelte er, ohne es zu bemerken, in Richtung Montmartre zum Hôtel des Étrangers.

Zweiter Teil

1

Madame Storm suchte bereits seit längerem den Blick ihres Mannes. Er wusste das nur zu genau, denn er hatte gewissermaßen Augen im Rücken. Doch er war nicht abgeneigt, sie zappeln zu lassen.

Endlich wandte er leicht den Kopf. Sie sah seine Augen hinter dem spiegelnden, goldenen Kneifer und lächelte vage. Mit diesem Lächeln wollte sie sich offenkundig für ihr bloßes Vorhandensein entschuldigen.

Am peinlichsten war, dass die anderen es bemerkten. Alle Welt wusste Bescheid. Daher das allgemeine Schweigen. Man wartete ab.

Bereitete es Doktor Helmut Storm womöglich ein boshaftes Vergnügen, seine gutmütige, dicke Frau so rat- und hilflos zu sehen? Da stand sie nun, hing an seinen Lippen, lächelte krampfhaft, fragte sich, ob er …

Endlich! Er hatte kaum mit den Augen geblinzelt, als sie sich auch schon beeilte, jedem der Reihe nach zuzulächeln, wie um sich für die Umstände zu entschuldigen.

»Darf ich bitten … ?«

Sie war so ängstlich, so schüchtern, dass nur sie ihre eigenen Worte hörte. Wenn ihr Mann sie aufziehen wollte, behauptete er, sie brächte bei solchen Gelegenheiten keinen Ton über die Lippen.

Die Tafel war aufgehoben. Noch waren nicht alle Hindernisse überwunden, aber die gefährlichste Klippe hatten sie hinter sich. Das Gulasch war gelungen. Nur der Camembert war nicht richtig reif, doch dafür trug Helmut die Verantwortung. Er behauptete, bei der Auswahl von Camembert unfehlbar zu sein, und irrte sich doch jedes Mal.

Potsi, das Hausmädchen mit dem Mondgesicht und dem strengen, straffen Haarknoten, musste noch erleichterter sein als Madame Storm.

Bei Potsi war das durchaus begreiflich. Drei Monate zuvor hatte Storm sie aus ihrem kleinen Karpatendorf nach Paris geholt. Sie sprach kein Wort Französisch. Trotzdem geleitete sie tagsüber die Patienten des Doktors ins Sprechzimmer, mit furchtsamem Blick, damit sie nur ja keine Frage an sie richteten …

Aber Madame Storm! Sie war nicht nur aus guter Familie, sondern hatte auch ihre Jugend in Wien verbracht. Dort hatte sie sich später mit dem Doktor zusammengetan, der wiederum aus Budapest stammte. Dann hatten sie mehrere Jahre in München gewohnt, ein Jahr in Genf, wo die Schweizer Behörden zu der Ansicht gelangt waren, dass der Doktor sich zu wenig mit Laryngologie und zu viel mit Politik befasste.

Hätte sie Umzüge nicht längst gewohnt sein müssen? Gewiss, sie protestierte nicht. Man konnte ihr auch nicht vorwerfen, aus der Fassung zu geraten. Bei jedem neuerlichen Ortswechsel reagierte sie vielmehr wie betäubt, in ihr Schicksal ergeben. Sie wusste nicht mehr ein noch aus. Um weder ihren Mann noch das Schicksal herauszufordern, lächelte sie jenes gottergebene Lächeln, wie man es auf Darstellungen von Johannes dem Täufer findet.

»Nehmen Sie einen Kaffee, Herr Professor?«

Einer der Gäste war Professor Minchon, Chefarzt im Hôpital Laënnec und entgegen Madame Storms Erwartung ein Mann, den man auf der Straße gar nicht bemerkt hätte, so unauffällig war er gekleidet. Beim Abendessen hatte er ununterbrochen lustige Geschichten erzählt, während seine Frau sich nach den Rezepten für die fremdartigen Gerichte erkundigte, die man ihr vorsetzte.

Die anderen, Alexandre Rosen und seine Frau, waren ohne Bedeutung: Landsleute, die sie nur dazugebeten hatten, um die Runde zu vervollständigen. Rosen war in der Filmbranche tätig. Seine Frau wiederum war viel zu hübsch und völlig unpassend angezogen für diese biedere kleine Wohnung in Passy mit der perlgrauen Holztäfelung und den goldverzierten, braunen Möbeln.

Madame Storm fand sich nach all den Wohnungen hier nicht mehr zurecht. Vor der eigenen Haustür wollte sie schon rechts einen Knopf drücken, weil sie in New York eine hochmoderne Wohnung mit elektrischen Türöffnern gehabt hatten.

»Ein Stück Zucker? … Oder zwei? …«

»Zwei … Vielen Dank …«

Obwohl sie bereits als Kind Französisch gelernt hatte, wagte sie kaum zu sprechen, suchte ständig nach Worten, die sie mit miserabler Aussprache hervorbrachte. Ihr

Mann dagegen beherrschte schon wenige Wochen nach der Ankunft die jeweilige Landessprache fließend.

Storm hatte seine Meriten. Dass Professor Minchon, der selten ausging, zu diesem Essen kam, war der beste Beweis. Storm war hager, wirkte streng mit seinem graumelierten, kantigen Kinnbart. Seine Frau jedoch bemerkte sofort, wenn sein Blick spöttisch wurde; zumal unweigerlich sie selbst zur Zielscheibe seines Spottes wurde.

Rosens Frau hatte sich eine Zigarette angezündet. Storm reichte eine Kiste Zigarren herum und setzte sein bei Tisch begonnenes Gespräch mit dem Professor fort.

»Versprechen Sie mir, dass Sie mich nicht mit den Damen im Salon allein zurücklassen«, hatte Madame Storm ihn vor dem Essen angefleht.

Sie wusste nur zu gut, worauf das Ganze hinauslief! Schon sah sie die beiden auf die Verbindungstür zusteuern. Ihr Mann hatte dem Professor die Hand auf die Schulter gelegt. Nur noch wenige Augenblicke, und er würde ihn in sein Sprechzimmer entführen.

Was sollte sie reden? Was tun? Sie bedachte Madame Minchon und das Ehepaar Rosen mit ihrem freundlichsten Lächeln, in der stillen Hoffnung, ihnen dadurch wenigstens ein paar Worte zu entlocken. Und nun gingen die beiden Ärzte tatsächlich hinaus.

»Ich will Ihnen einmal die Röntgenaufnahmen zeigen, die in Chicago gemacht wurden …«, meinte Storm.

Die Storms, oder vielmehr Helmut Storm, denn seine Frau durfte ohnedies nicht mitreden, hatten sich die typischste, friedlichste, bürgerlichste Ecke von Paris ausgesucht – eine Wohnung, wie es sie hunderttausendfach gab; mit der gleichen Glastür zwischen Ess- und Wohnzimmer, dem gleichen Flur. Und wie viele Ärzte in Paris mochten auch so ein Sprechzimmer haben?

»Einen Augenblick ... Ich muss die Unterlagen doch hier ...«

Er durchforschte den Aktenschrank, fand das Gesuchte nicht, verlor plötzlich die Geduld, denn er war aufbrausend. Er läutete dem Hausmädchen, worüber seine Frau im Salon erschrak, weil sie nicht wusste, was los war.

»Potsi«, sagte er auf Ungarisch. »Wo ist Mademoiselle Nouchi?«

»Sie ist schon nach oben gegangen.«

»Geh hinauf und frag sie ... Oder vielmehr ... Seit wann ist sie oben? ... Sie entschuldigen doch, Professor? Aber das Mädchen versteht kein Wort Französisch ...«

»Seit einer Stunde ...«

»Gut ...«

»Was soll ich ihr ausrichten?«

»Nichts ...«

Minchon blätterte in einer deutschen Fachzeitschrift. Wenn Nouchi eine Stunde zuvor nach oben gegangen war, hatte sie sich bereits hingelegt. Storm war nicht direkt hinter ihr her, empfand es aber keineswegs als unangenehm, sie in der warmen, intimen Atmosphäre ihres Zimmers zu überraschen.

»Entschuldigen Sie mich einen Moment? Ich will meine Sekretärin persönlich fragen, wo sie die Unterlagen hingetan hat.«

»Selbstverständlich.«

Er ging durch die Küche, wo Potsi und Jeanne mit aufgestützten Ellbogen am Tisch saßen und die Reste des Abendessens vertilgten. Mit Riesenschritten stürmte er die Hintertreppe hinauf in den siebenten Stock.

Aus Platzgründen hatte er Nouchi nicht in der Wohnung unterbringen können, aber es war gerade eine Dienstmädchenkammer frei gewesen, so hatte er sich mit der Concierge arrangiert. Er zählte die Türen, sah jedoch kein Licht.

Ganz leise begann er zu klopfen, eigentlich nur an der Tür zu kratzen, und sagte halblaut:

»Ich bin's, Nouchi … Öffnen Sie bitte nur kurz …«

Plötzlich war ihm unbehaglich zumute. Die Hausangestellten in den anderen Zimmern glaubten womöglich … Und Nouchi, die ja nicht wusste, weshalb er hinaufgekommen war, könnte sich einbilden …

»Nouchi … Ich muss Sie um eine Auskunft bitten … Machen Sie die Tür nur einen Spaltbreit auf …«

Einen Moment lang dachte er, sie sei trotz seiner Ermahnungen ausgegangen. Erbost versuchte er, den Türknauf zu drehen. Da – ein Knarren der Sprungfedern. Also war sie doch hier!

»Nouchi! … Ich hab's eilig …«

Er hörte ein Flüstern, daran gab es für ihn keinen Zweifel. Ob es eine Männer- oder eine Frauenstimme war, hätte er nicht sagen können. Zur Not könnte Nouchi immer noch behaupten, sie führe Selbstgespräche. Aber warum brauchte sie so lange, um ihm zu öffnen? Er würde sie keines Blickes würdigen! Bei ihm war ein solches Getue völlig überflüssig …

»Also?«

Der Schlüssel wurde umgedreht, die Tür öffnete sich einen Spalt. Nouchi – im Nachthemd, barfuß, mit offenem Haar und völlig verschlafen – sah ihn verstört an.

»Was ist denn los?«

Sie ließ ihn nicht ins Zimmer. Sie hatte die Lampe nicht angemacht, und ihm kam der Gedanke, sie scheue das Licht.

Besaß er denn keine Rechte, wo er sie doch halb verhungert bei sich aufgenommen hatte? Er ging auf sie zu, sodass sie die Tür freigeben musste, und knipste das Licht an.

»Ich brauche eine Auskunft … Unter den Akten, die Sie gestern abgelegt haben, befand sich ein gelbes Dossier mit der Aufschrift *Chicago* …«

Ihre Lippen waren ganz blass, wie er feststellte, sicher hatte sie sich abgeschminkt. Ob sie wohl eine Nachtcreme benutzte?

Das Bett war zurückgeschlagen und völlig zerwühlt – mehr als bei nur einem Benutzer. Und unter dem Bett sah Storm einen Männerfuß.

»Ich habe es in den …«

Sie folgte seinem Blick. Er wandte ihn schnell ab, ließ ihn schweifen und entdeckte dabei ihre Wäsche über der Stuhllehne.

»Was suchen Sie denn?«

»Gar nichts … Wo haben Sie die Unterlagen hingetan?«

»In den Wandschrank … Ins zweite Fach …«

Während er die Treppe hinunterging, bemühte er sich, seine Verwirrung abzuschütteln. Das Sprechzimmer war leer. Er beschloss, zunächst die Unterlagen herauszusuchen, das gab ihm Zeit, sich zu sammeln.

Bei seiner Rückkehr stand Professor Minchon im Salon, die Zigarre in der Hand, und erzählte eine Anekdote.

Wie nicht anders zu erwarten, empfing Madame Storm ihren Mann mit einem besorgten Blick, lächelte dann aber sofort entschuldigend, um die Gäste zu beschwichtigen.

Warum war er blasser als gewöhnlich? Was beschäftigte ihn so, dass er sich überhaupt nicht an der Unterhaltung beteiligte, obwohl er doch sonst so redselig war?

Zum Glück gab Madame Rosen, die sich langweilte, bald das Zeichen zum Aufbruch. Es drängte sie offenbar, den Abend in lustigerer Gesellschaft zu beschließen. Vor der offenen Wohnungstür, dann vor dem Fahrstuhl die üblichen Höflichkeiten, der übliche Leerlauf.

Endlich waren die Storms allein in der Wohnung, lüfteten, um die Parfümwolken und den Zigarrenqualm zu vertreiben.

»Was war denn los, Helmut?«

Er liebte sie sehr, obwohl sie so dick und so schlaff geworden war. Unschlüssig sah er sie an, denn er wusste, dass sie wieder die Fassung verlieren würde.

»Wo sind Sie vorhin gewesen? Es ist wegen Nouchi, nicht wahr?«

Sie hatte es vom ersten Tag an geahnt. Jedes Mal, wenn ihnen etwas Unangenehmes zustieß, ahnte sie es schon im Voraus. Sie ließen sich irgendwo nieder. Gewöhnten sich nach und nach an das Land, an die Stadt, an das Viertel, an die Wohnung. Hofften beinahe, das ewige Herumziehen habe ein Ende, und plötzlich kam es zu irgendeinem Zwischenfall, die Scherereien begannen, zunächst noch in erträglichem Maß, bis Helmut dann eines Tages mit gespielter Gleichgültigkeit erklärte:

»Wir gehen nach …«

Nach Amsterdam womöglich? Nach Rom? Brüssel?

Sie hatte schon ein ungutes Gefühl gehabt, als er nachts gerufen wurde. Es war sehr kalt gewesen, und er hatte Grippe.

»Wohin müssen Sie gehen?«, fragte sie, kaum hatte er den Hörer eingehängt.

»In ein Hotel auf den Grands Boulevards … Zu einem Patienten, den ich in Amerika behandelt habe und der einen künstlichen Kehlkopf hat …«

Daran gab es nichts zu deuteln. Vor dem Hotel hatte er das Taxi weggeschickt, denn er wusste, dass es lange dauern würde. Im Morgengrauen kam er wieder heraus. Ihm war kalt. Bevor er ein anderes Taxi nahm, ging er noch schnell in ein Café an der Ecke Rue Montmartre, das schon offen hatte.

»Einen Grog!«

Alle starrten ihn an, weil er einen Pelzmantel trug. Er schaute unbeteiligt in die Runde, stutzte, als er ein bekanntes Gesicht entdeckte, runzelte die Stirn und murmelte:

»Nouchi Kersten?«

Denn er war seiner Sache keineswegs sicher. Es lag mehrere Jahre zurück, dass er die Kerstens gesehen und

Nouchi und ihrer Schwester die Mandeln herausgenommen hatte.

»Doktor Storm!«

»Was machen Sie denn hier in Paris? Ist Ihr Vater ...?«

»Nein.«

»Was dann?«

Es war eine sehr heikle Sache.

»Sind Sie allein?«

Womöglich weit schlimmer als das. Sah er nicht neben ihr zwei Frauen, die die Nacht über auf der Straße ihrem Gewerbe nachgingen?

»Ich nehme Sie mit zu mir nach Hause ...«

Erschöpft, willenlos ließ sie es geschehen. Er weckte seine Frau; sie beide kannten Nouchi aus Amerika, nur war sie damals noch ein kleines Mädchen mit langer Nase.

»Was ist Ihnen denn zugestoßen? ... Haben Sie keine Wohnung?«

Und Nouchi, von einer fixen Idee verfolgt:

»Würden Sie mir bitte hundert Franc geben?«

Sie sprach von hundert wie Stan wenig später von fünftausend. Sie bekam zu essen und zu trinken. Ihre Schuhe wurden zum Trocknen auf die Heizung gestellt, und so kamen ihre zerrissenen Strümpfe und die schmutzigen Füße zutage.

»Sie müssen jetzt unbedingt schlafen, Nouchi ... Wir sehen weiter, wenn Sie sich etwas ausgeruht haben ...«

Storm und Nouchis Vater hatten sich schon in Budapest gekannt und an denselben politischen Zeitschriften mitgearbeitet.

»Ich kann nicht!«

»Wieso?«

»Ich muss vorher noch was erledigen ...«

»Was denn?«

Sie war erschöpft und wehrte sich nur noch schwach.

»Ich muss einen Brief abgeben ...«

Die Storms sahen sich an. Der Doktor brachte Nouchi dazu, seine Begleitung anzunehmen. Vorerst verlangte er keine weiteren Erklärungen. Am Eingang zum Hôtel des Étrangers wartete er auf sie und fuhr dann wieder mit ihr nach Hause.

Nachdem Nouchi am nächsten Abend ihre ganze Geschichte erzählt hatte, seufzte Madame Storm kurz vor dem Einschlafen:

»Sie wird uns bestimmt Scherereien verursachen!«

Sie widersetzte sich nicht, schlug nicht vor, sich das junge Mädchen mit ein paar Geldscheinen vom Hals zu schaffen. Sie stellte nur fest, weiter nichts. Ob Nouchi oder etwas anderes, das spielte keine Rolle. Sie waren bis dahin kein einziges Mal irgendwo vier Jahre gewesen, ohne dass es zu einer Katastrophe kam, und sie waren jetzt genau vier Jahre in Paris.

»Glauben Sie, dass es ihr Pole ist?«

»Wer sonst?«

»Haben Sie nicht gefragt? Denken Sie, sie weiß, dass Sie den Mann gesehen haben, Helmut? Dann schickt sie ihn vielleicht fort ... Hören Sie zu! ... Da ist etwas, wovon ich Ihnen nichts erzählt habe ... Neulich ... Warten Sie mal ...

Das war vorgestern ... Potsi hat die Fenster geputzt ... Ich hab im Salon aufgeräumt ...«

Sie räumte ständig auf! Und sie band sich für diese wichtige Beschäftigung ein Kopftuch um!

»Das Fenster war offen ... Potsi hat mich gerufen ... Sie hat mir einen Mann gezeigt, der an der Straßenecke herumhing und unser Haus anstarrte ...«

Auf dem runden Tischchen im Salon standen noch die Likörgläser und die Kaffeetassen der Gäste.

»Potsi behauptete, er habe sich schon seit über einer Stunde nicht vom Fleck gerührt. Außerdem hätte sie ihn bereits am Abend zuvor bemerkt, als sie mit dem Hund unten war ... Glauben Sie nicht, dass ... ?«

Natürlich verneinte er! Ihr gegenüber tat er die besorgniserregendsten Dinge mit einem Fingerschnippen ab.

»Hier lässt man uns in Ruhe ... Sie haben eine erfolgreiche Praxis ... Noch zwei Raten, und die Möbel sind bezahlt ...«

Nouchi hatte ihm doch versprochen, Stan nicht wiederzusehen! Er hatte sie lange ausgefragt, ebenso gründlich und gezielt, wie er es bei seinen Patienten tat. Und sie hatte ihm mit absoluter Offenheit die Lage geschildert, in der sie und Stan sich befanden.

»Warum hat er Amerika verlassen? Hat er Dummheiten gemacht?«

Wahrheitsgemäß hatte sie die Geschichte von den Abtreibungen erzählt und dass Stan seinen Chef zu erpressen versucht hatte.

»Lieben Sie ihn, Nouchi?«

Sie hatte ruhig darüber nachgedacht. Alles wirkte echt auf ihn.

»Ich weiß nicht.«

»Sie wissen nicht, ob Sie ihn lieben, und haben Ihre Eltern verlassen, um ihm zu folgen?«

»Er war unglücklich.«

»Und jetzt?«

»Er ist immer noch unglücklich ... Er ist am Ende ... Ich bin sicher, dass er eine Dummheit begeht ...«

»Sind Sie imstande, ihn daran zu hindern?«

Offen begegnete ihr Blick seinen Augen hinter den funkelnden Brillengläsern.

»Nein!«

»Und? Wozu dann das Ganze?«

»Ich weiß ... Aber ...«

»Sie müssen sich ein paar Tage ausruhen, Nouchi. Sie bleiben hier. Damit Sie eine Beschäftigung haben, arbeiten Sie für mich als Sekretärin. Das ist besser, als wenn Sie den ganzen Tag allein sind und grübeln ...«

Für jede andere wäre das wahrscheinlich das Richtige gewesen, aber nicht für Nouchi. Sie war imstande, den ganzen Tag trotz Gesellschaft den furchtbarsten Gedanken nachzuhängen.

»Versprechen Sie mir, ihn nicht wiederzusehen ... Um Ihres Vaters willen ...«

Sie mochte ihren Vater nicht! Doktor Storm sprach von ihm, ohne ihn wirklich zu kennen, zumindest nicht den Kersten, zu dem er geworden war. Einmal hatte er Nouchi mit einem Brief zu einem reichen Mann geschickt, den er noch aus Berlin kannte. Einem Bettelbrief, wie er sie zu schreiben pflegte! Er wartete in der Zwischenzeit in einem Drugstore am Trinkwasserspender.

Wusste er Bescheid, oder war er ahnungslos? Es blieb sich gleich! Sie wurde um drei Uhr nachmittags von einem Mann empfangen, der gerade aufgestanden war und unter dem Hausmantel einen seidenen Pyjama trug. Er kam eben aus dem Bad, dessen Tür offen stand, und las den Brief. Sein Blick hatte ihr sofort zu verstehen gegeben, was Sache war.

Sie begriff sogar, was er im Innersten dachte, warum er zögerte. Sie war damals so jung, dass er sich fragte, ob ihm womöglich Unannehmlichkeiten entstehen könnten; er hätte gerne gewusst, ob sie schon andere Männer gehabt hatte.

Sie blieb zwei Stunden bei ihm. Sie weinte nicht, aber als sie mit einem verschlossenen Kuvert zu ihrem Vater zurückkehrte, war sie sehr blass.

Ihr Vater stellte ihr keine einzige Frage.

»Zumindest muss er wissen, wo er mich finden kann«, hatte sie dem Doktor erklärt.

Er war zu einem Kompromiss bereit gewesen und hatte ihr zugestanden, dass sie den Kontakt aufrechterhielt, wobei er selber von Zeit zu Zeit ein Briefchen ins Hôtel des Étrangers brachte.

Das alles lag zwei Wochen zurück. Seit einer Woche nun hatte er die gleichbleibende Auskunft erhalten, dass die letzten Briefe nicht mehr abgeholt worden seien.

»Sehen Sie mich nicht so an!«, sagte er jetzt zu seiner Frau.

Doch ihr Blick blieb voller Ergebenheit, voller Demut auf ihn gerichtet – wie immer. Und wie immer bemühte sie sich auch, ihn vertrauensvoll anzuschauen und ihn im Glauben an seine Unfehlbarkeit zu bestärken.

Trotzdem konnte sie an bestimmten Tagen deutlich spüren, dass er nicht mehr ganz derselbe war, seit Nouchi bei ihnen lebte.

»Was werden Sie tun, Helmut? Wenn Sie Scherereien mit der Polizei bekommen, entziehen sie Ihnen den Fremdenpass und die Zulassung. Denken Sie an die Mühe, die Sie gehabt haben, bis Sie …«

Er war bereit, nach oben zu gehen. Was hielt ihn zurück? Er zögerte, drückte die Zigarette im Aschenbecher aus.

»Morgen sehen wir weiter … Jetzt wird geschlafen …«

Beide lagen noch über eine Stunde wach, reglos und bemüht, regelmäßig zu atmen.

»Er hat dich gesehen, da bin ich ganz sicher!«, sagte sie. Sie saß auf dem Stuhl, über dem ihre Unterwäsche hing.

Obwohl sie fror, wollte sie sich nicht wieder hinlegen. Er jedoch hockte auf dem Bettrand und hatte den Mantel über den Pyjama gezogen.

Sie sah ihn an, als sei sie irgendwie unangenehm berührt. Etwas geradezu Unglaubliches war geschehen, seitdem er nun schon gut eine Woche in diesem Zimmer hauste, ohne einen Schritt nach draußen zu tun: Stan war dick geworden.

Von Natur aus äußerst mager und hohlwangig, hatte er feiste Backen bekommen, die scharfen Züge waren verschwunden. Ja, er war so aufgedunsen und bleich, dass auch seine Mimik nicht mehr die alte war. Er konnte noch so oft die Nasenflügel zusammenkneifen, es war doch nicht mehr der Stan von früher.

»Hast du überhaupt zugehört, was ich gesagt habe, Stan?«

»Was kann ich dafür? Offenbar hatte er gute Gründe, in dein Zimmer zu kommen.«

»Stan!«

Was hatte sie nicht alles in diesen letzten Tagen für ihn getan! Anfangs hatte sie geglaubt, sie könne ihn mit den Resten durchfüttern, die sie in der Küche mitgehen ließ. Aber dann hatte Jeanne sich zu wundern begonnen, als zuerst ein Kotelett verschwunden war und gleich darauf ein Rest Rindfleisch, aus dem sie ein Ragout machen wollte.

Um Lebensmittel zu kaufen, brauchte man Geld. Im Haus lag nirgends welches herum, sonst hätte sie sich hier und da ein wenig Kleingeld genommen.

Also hatte sie sich an Potsi gewandt, die nicht nur naiv, sondern regelrecht schwer von Begriff war. Potsi bekam zweihundert Franc im Monat und gab keinen Sou aus, denn Paris machte ihr solche Angst, dass sie sich nur bis ans Ende der Straße traute.

»Kannst du mir hundert Franc leihen, Potsi? Ich hab meine Handtasche oben liegen lassen ...«

Potsi besaß sechshundert Franc: drei Monate Lohn. Fünfhundert luchste Nouchi ihr mit geschickten Vorwänden ab. Das Mädchen aus den Karpaten hatte beim Leben der eigenen Mutter geschworen, zu niemandem ein Sterbenswörtchen zu sagen.

Nouchi kaufte Lebensmittel im Quartier. Sie musste sich alle möglichen Tricks einfallen lassen, um die Abfälle loszuwerden; auch die menschliche Notdurft verlangte ihrer Erfindungsgabe ständig neue Ideen ab, stellte sie vor unappetitliche Aufgaben.

Das Unglaubliche dabei war, dass nicht sie, sondern Stan missmutig und täglich anspruchsvoller wurde.

»Du kannst unmöglich auf die Dauer hierbleiben … Hör zu, Stan! … Ich treibe irgendwo Geld auf, damit du dir ein kleines Zimmer mieten kannst …«

Er hatte ihr nicht gebeichtet, dass er Frida und ihre Bande der Polizei ausgeliefert hatte, sondern eine Geschichte erfunden. Da er an kein Geld herankam, so erzählte er, hatte er Iwan, den Hünen, aufgesucht und ihn um ein paar Francs angepumpt.

»Ich wusste doch, wie sehr du Hunger hattest …«

Iwan hatte sich geweigert und nach einem heftigen Streit gedroht, Stan umzubringen.

»Das wagt er nicht, Stan! Warum sollte er so was tun?«

»Glaubst du etwa, der schreckt davor zurück, einen Menschen zu töten?«

Er lachte höhnisch, war geradezu unerträglich und von einer Reizbarkeit, die jederzeit in Streit ausarten konnte. Sogar eifersüchtig war er.

»Und, hat er dich wieder betatscht, dein Doktor Storm?«

»Er hat mich nie angerührt.«

»Du könntest mir wenigstens die Wahrheit sagen. Er hat ein so leichtes Spiel! Wo ich doch nicht aus dieser Bude rauskann …«

Unten führte sie ein beinahe normales Leben. Sie legte Krankengeschichten ab, die sechs Jahre und länger zurücklagen und noch nie eingeordnet worden waren. Da es keinen Büroraum gab und außerdem der Salon als Wartezimmer für die Patienten diente, hatte man ihr einen Tisch ins Schlafzimmer der Storms gestellt, wo auch Madame Storm sich aufhielt, wenn sie nicht gerade in der Küche war.

Die Wohnung erinnerte an ein mit Satin ausgeschlagenes Schmuckkästchen: grauer Teppich, schwere Vorhänge, überall seidene Kissen und Sesselschoner aus Gobelin. Im Kamin wurden zwei bis drei kleine, ebenmäßige Holzscheite angezündet, und für die Asche stand ein winziger Besen mit Elfenbeingriff bereit.

Madame Storm trug entweder Rosa oder Hellblau. Sie leistete Nouchi mit einer Handarbeit Gesellschaft. Alle halbe Stunde ging die Türklingel. Madame Storm lauschte, um sicher zu sein, dass Potsi auch wirklich aufmachte. Ein Patient wurde in den Salon geführt. Aus dem Sprechzimmer war Stimmengemurmel zu hören, vor allem, wenn die Konsultation beendet, der Patient bereits aufgestanden war und der Doktor die Tür zum Korridor öffnete.

»Aber, ja … Nächste Woche … Selbstverständlich … Auf Wiedersehen …«

Dann machte er die Tür zum Salon auf, in dem vier oder fünf Personen warteten, von denen eine sich erhob.

»Ich muss auf einen Sprung nach oben …«

Nouchi entschuldigte sich für einen Moment. Ihr Zimmer war abgeschlossen, sie hatte den Schlüssel. Alles andere wäre zu gefährlich gewesen, sie hatte schon überlegt, dass im Falle eines Brandes …

»Hast du die Zeitungen?«, bestürmte sie Stan, der auf dem Bett lag.

Sie wusste nicht, warum er die immer so dringend wollte, und erst recht nicht, weshalb er nach der Lektüre noch schlechter gelaunt war.

Die Polenbande wurde mit keinem Wort erwähnt. Wenn man sie verhaftet hätte, wäre das bestimmt durch die Presse gegangen! Also waren Frida, Iwan, Kellermann, der Baron und der andere, dessen Name er sich nie merken konnte, immer noch auf freiem Fuß.

Weshalb? Was war das für ein Spiel? Warum hatte Inspektor Mizeri nichts unternommen? Und Kommissar Lognon auch nicht, der doch alle nötigen Informationen besaß?

Wurden sie von jemandem gedeckt? Was steckte dahinter?

»Ist dir irgendjemand aufgefallen?«

Seine andere fixe Idee!

»Nein, Stan.«

»Weil du dich nicht richtig umschaust … Ich bin sicher, dass uns jemand beschattet …«

»Ich hab mich dauernd umgedreht …«

Er lachte höhnisch. Das war sein neuer Tick, dieses heisere Lachen, das in den Ohren wehtat. Früher hatte er wenigstens nur die Luft geräuschvoll durch die Nase eingezogen. Jetzt tat er beides.

»Was hast du mir zu essen mitgebracht?«

»Kalte Koteletts.«

Er, der wenige Tage zuvor noch halb verhungert war, wurde wählerisch, war unersättlich. Geradezu fieberhaft riss er die kleinen Päckchen auf, die sie in ihren Taschen und unter der Bluse versteckte.

»Ich hab schon den ganzen Nachmittag nichts zu trinken bekommen!«, beschwerte er sich.

Doch was konnte sie dafür, dass Flaschen viel schwieriger hinaufzuschmuggeln waren?

Seit Doktor Storm hier gewesen war, wirkte ihr Gesichtsausdruck entschlossen. Darum wechselte er lieber das Thema.

»Hat dich das nicht auch an etwas erinnert, als er an die Tür klopfte? … Du hast ein kurzes Gedächtnis! … Als wir neulich in Grenelle bei Stéphan Lartik waren … Der war bestimmt auch zu Hause! … Und nicht allein … Die beiden haben allerdings nicht geschlafen! … Und sie haben uns vergeblich an die Tür hämmern lassen …«

»Aber … ich konnte doch nicht …«

»Verdammt noch mal! Du bist doch nicht ihre Gefangene …«

»Du musst vor Tagesanbruch weg sein, Stan … Ich gehe gleich Potsi wecken … Ich werde sie um ihre letzten hundert Franc bitten …«

»Du hast es wohl sehr eilig, mich loszuwerden? … Denk doch wenigstens eine Minute nach … Hätte dein

Chef mich tatsächlich gesehen, hätte er auch was gesagt ... Oder er wäre wiedergekommen, sobald seine Gäste weg waren ... Und eine dritte Möglichkeit: Er hat selbst etwas zu verbergen ... Warum hat er die Vereinigten Staaten verlassen?«

»Weil er nicht genug verdiente, um davon leben zu können, und ihm ein Freund aus Paris schrieb, dass er hier eine gut laufende Praxis übernehmen könne ...«

»Du verteidigst ihn!«

»Nein, ich ... Stan! Das ist einfach gemein, was du machst ...«

»Dass ich dich daran hindere, mich vor die Tür zu setzen, damit du seine Geliebte werden kannst? ... Dann wärst du endlich versorgt ...«

Er wusste nur allzu gut, wie gemein er war. Doch was blieb ihm anderes übrig? Wenn die Polizei doch nur Frida und ihre Kumpane verhaftet hätte ...

Er konnte nicht mal austreten! Nouchi musste ...

»Lass uns ins Bett gehen«, sagte sie. »Ich friere. Ich stelle den Wecker auf fünf. Bis Viertel nach sieben ist es noch dunkel ... Zieh den Mantel aus ...«

Und sie legten sich wieder in dasselbe Bett, ein Dienstmädchenbett, das schon für eine Person zu schmal war. Ihre Körper berührten sich. Sie froren beide.

»Machst du das Licht nicht aus?«, nörgelte er.

Sie streckte den Arm aus, um den Schalter auszuknipsen.

Schweigen.

»Gute Nacht, Stan ...«

Sie wollte seine Hand nehmen, sie drücken, aber er hatte sich zur Wand umgedreht und brummte nur:

»… Nacht!«

2

Beim Klingeln des Weckers fuhr sie jäh im Bett hoch und saß eine Weile benommen da, hörte das durchdringende Geräusch und starrte in die Dunkelheit.

»Ach ja …«, brummte sie schließlich schlaftrunken.

Sie beugte sich hinunter, tastete ins Leere, stellte endlich den Wecker ab.

Sie war hundemüde und meinte, eben erst eingeschlafen zu sein, was vielleicht auch stimmte. Das Bett war zu schmal für zwei, und da Stan den ganzen Platz für sich beanspruchte, fühlte sie sich wie gerädert.

Trotzdem wagte sie nicht, ihren Bettgenossen zur Seite zu schieben, der zusammengerollt neben ihr lag und fest schlief. Sie rückte sich, so gut es ging, im Bett zurecht und versank sofort in tiefen Schlaf; sie hörte nicht mehr, wie kurz darauf in einer Dienstbotenkammer nach der anderen die Wecker zu schrillen anfingen.

Als sie wieder aufwachte, dämmerte es, doch es war ein so grauer Tag, dass in der Mansarde gegenüber Licht brannte. Ein Mann rasierte sich, ein Chauffeur oder ein Hoteldiener. Über die Dachschiefer perlte feiner Sprühregen.

Stan schlief immer noch, die Oberlippe vorgeschoben wie ein schmollendes Kind, eine Hand zur Faust geballt.

Seine nervliche Anspannung äußerte sich selbst im Schlaf in ruckartigen Reflexen und plötzlichen Grimassen, und jeder Gesichtsausdruck, jede Bewegung zeugte von Angst oder von Schmerz.

Nouchi weckte ihn nicht gleich, weil sie ihm noch einige halbwegs friedliche Minuten gönnen wollte. Sie machte kein Licht, damit der Mann auf der anderen Straßenseite ihr nicht beim Waschen zusehen konnte. Er schlang sich gerade eine weiße Pikeeschleife um den Hals, wie sie Reiter tragen.

Nouchi wusch sich. Während sie noch angestrengt überlegte, entdeckte sie auf einmal zwischen ihren Brüsten einen Pickel und kratzte daran herum. Ein Blick auf Stan ließ sie vermuten, dass er sich nur schlafend stellte, um dadurch ihr Mitleid zu erwecken.

Trotzdem ließ sie ihn bis zuletzt in Ruhe. Es war immer das alte Lied: Er war unglücklich und zu allem fähig.

Sie öffnete die Tür, schloss sie hinter sich ab und ging die Hintertreppe hinunter. Sie trug ein etwas zu weites marineblaues Wollkleid, das Madame Storm ihr von der Stange gekauft hatte und mit dem sie, vielleicht zufällig, wie eine Gesellschafterin aussah. Als sie durch die Küche kam, roch es wie jeden Morgen anheimelnd nach gerade angefachtem Herdfeuer und geröstetem Brot.

»Guten Morgen, Jeanne … Sind sie schon aufgestanden?«

»Sie frühstücken gerade … Potsi ist mit dem Hund unten … Ich bring Ihnen gleich Ihre Eier …«

Zum Frühstück gab es weichgekochte Eier und Tee mit

Milch. Madame Storm war blasser als tagsüber. Vermutlich trug sie eine dicke Schicht Tagescreme auf und wischte den nicht eingezogenen Rest anschließend wieder ab.

»Ich bin zu spät dran. *Pardon* …«

Madame Storm quittierte Nouchis Entschuldigung mit einem Lächeln, der Doktor nickte nur, ohne von der Morgenzeitung aufzusehen; also kein Grund zur Beunruhigung. Gelegentlich spähte er über den Vorhang der Glastür in den Salon, denn die ersten Patienten würden jeden Augenblick eintreffen.

»Ich habe verschlafen …«, versuchte Nouchi ihre müden Züge zu erklären.

Sie bekam ihre zwei in eine Serviette gewickelten Eier. Der Doktor zog seine Taschenuhr hervor und ließ den Deckel aufschnappen. Nouchi hatte deutlich das Gefühl, das sie allerdings an nichts festmachen konnte, dass die Storms mit einer gewissen Ungeduld warteten, bis sie ihre Eier gegessen hatte. Dieses Gefühl war so stark, dass sie vor lauter Verlegenheit ihr Frühstück hastig hinunterschlang.

Nouchi hatte sich nicht getäuscht. Beim letzten Bissen kam es:

»Nouchi …«

Sie war auf das Schlimmste gefasst.

»Würden Sie mir bitte meinen Kneifer aus meinem Sprechzimmer holen? Ich muss ihn aus Versehen in eine Schublade eingeschlossen haben. Vorhin hab ich ihn vergeblich gesucht …«

Sie begriff nicht. Irgendetwas führten sie im Schilde,

das verriet nur schon Madame Storms schuldbewusstes Lächeln. Sie lief durch die Räume bis zu Doktor Storms Sprechzimmer, fand den Kneifer auf Anhieb. Als sie damit zurückkam, stach ihr nur eines ins Auge: ihre Handtasche, die wie gewohnt neben ihrem Gedeck auf dem Tisch lag.

»Danke, Nouchi ...«

Es war eine kleine, flache, armselige Handtasche; sie enthielt nichts besonders Wertvolles, bis auf den Schlüssel zu ihrer Mansarde.

»Heute möchte ich Sie bitten, meine Korrespondenz mit ausländischen Kollegen nach Ländern abzulegen ... Das Ganze liegt kunterbunt durcheinander in einem Karton ... Meine Frau gibt Ihnen dann noch weitere Briefe, die sie teilweise schon sortiert hat ...«

Potsi kam zurück mit dem Hund, einem ganz gewöhnlichen Foxterrier, wie es sie in allen Häusern der Straße gab. Das Tier riss sich los und sauste durch die Wohnung. Storm wurde ärgerlich. Seine Frau bemühte sich nach Kräften, Jimmy wieder einzufangen. Dann klingelte es, und alles beruhigte sich, kam wieder ins gewohnte Gleis. Die Storms und Nouchi verließen geräuschlos das Esszimmer, denn der Doktor schätzte es nicht, wenn seine Patienten durch die Glastür Einblick in seine Privatsphäre bekamen.

»Kommen Sie, Nouchi?«, fragte Madame Storm, während sie die Tür zu ihrem Zimmer öffnete.

Nouchi musste ihr folgen. Storm schien auf dem Treppenabsatz zu warten. Und tatsächlich ging er nicht in seine

Praxis, sondern wandte sich zur Küche. Die Handtasche fühlte sich weich an. Nouchi traute sich nicht, sie aufzumachen. Sie fühlte sich beobachtet. Immerhin hätte sie ja schließlich das Bedürfnis haben können, sich die Nase zu putzen!

»Immer noch dieses trostlose Wetter«, seufzte Madame Storm, während sie überlegte, was sie nun tun sollte.

»Am besten gehe ich gleich mal die Akten holen …«

Die Atmosphäre war angespannt. Sie machten beide einander etwas vor und ärgerten sich darüber. Madame Storm war nicht weniger verängstigt als das junge Mädchen, denn seit dem Vorfall am Abend zuvor hatte ihr Mann sich nicht weiter geäußert, sodass sie ebenfalls nur auf Vermutungen angewiesen war. Nouchi tat ihr leid. Beim Frühstück hätte sie sich am liebsten gleich mehrfach bei ihr für Storms Verhalten entschuldigt. Doch was blieb ihm anderes übrig? Schließlich konnte er doch nicht seinen Beruf und ihre gemeinsame Existenz für einen jungen Mann aufs Spiel setzen, den er nicht einmal kannte?

Der Schlüssel war nicht in der Handtasche. Storm war nicht in seinem Sprechzimmer, und im Wartezimmer warteten bereits drei Patienten. Nouchi arbeitete, bemüht, sich auf die Lektüre der Briefe zu konzentrieren, die man wahllos in einen Pappkarton gestopft hatte. Die beiden Holzscheite im Kamin begannen zu prasseln, obwohl auch die Zentralheizung in Betrieb war.

So trostlos hatte die Straße noch nie gewirkt. Es schien, als wollte es gar nicht richtig Tag werden, als wäre man zu zeitig aufgewacht, während draußen nur die Schritte der Frühaufsteher auf dem Pflaster hallten. Dass man an der Kreuzung Autos hupen und die übrigen gewohnten Alltagsgeräusche hörte, war geradezu befremdlich. Auch als die Hausmädchen die Fenster zum Putzen öffneten, wurde es nicht heller.

Nouchi und Madame Storm zuckten gleichzeitig zusammen, als sie die Tür zum Sprechzimmer aufgehen und wieder zufallen hörten. Danach öffnete sich die Tür zum Wartezimmer, und der Doktor holte seinen ersten Patienten herein.

Hatte er Stan hinausgeworfen, ohne ihr etwas davon zu sagen, ohne dass sie sich von ihm verabschieden durfte? Sie traute sich nicht ans Fenster, um auf die regenfeuchte Straße hinunterzuschauen, wo noch die Mülleimer herumstehen mussten.

Sie kaute an den Nägeln, und Madame Storm ihr gegenüber machte wieder einmal ein bekümmertes Gesicht.

»Entschuldigen Sie mich einen Augenblick, Madame? Ich muss …«

Was musste sie? Es spielte keine Rolle. Sie war bereits draußen, eilte durch die Küche. Jeanne und Potsi starrten ihr neugierig nach. Sie hastete die Treppe hinauf, kam atemlos im siebten Stock an, wo der Schlüssel von außen steckte, und stieß heftig die Tür auf.

»Stan! …«

Es war, als hätte sie geträumt und die ganze Zeit nur Gespenster gesehen. Er stand an der Dachluke und schaute auf die Straße, wie er es stundenlang zu tun pflegte.

»Ist er nicht hier gewesen?«

»Dein Chef? ... Und ob! ... Hast du ihn zu mir raufgeschickt?«

Schon immer hatte sie sich vor diesem gefühllosen Blick gefürchtet, den er von Zeit zu Zeit, selbst zu Beginn ihrer Bekanntschaft, an sich hatte, obwohl er sich dann wieder so zärtlich, so liebevoll, so kindlich geben konnte.

»Nein, das schwör ich dir ... Er hat den Schlüssel aus meiner Tasche genommen, während ... Was hat er gesagt?«

Einmal hatte sie ihm erklärt:

»Du bist imstande, mich umzubringen, wenn du richtig in Wut gerätst ...«

Das stimmte. Er konnte sich auf erschreckende Weise verhärten, unzugänglich für jedes Gefühl werden. Er sah sie immer noch unverwandt an. Er glaubte ihr nicht.

»Gib's doch zu!«

»Was?«

»Dass du mit ihm gesprochen hast ... Du ihn raufgeschickt hast, um mich hinauszuwerfen ...«

Bei dem Gedanken daran schauderte er noch. Er musste furchtbare Angst gehabt haben. Im nächsten Augenblick jedoch grinste er bereits.

»Wie du siehst, bin ich nicht gegangen ... Ich hab ihn eingewickelt! ...«

»Was soll das heißen, Stan?«

»Er wird nicht mehr wagen, mich vor die Tür zu setzen ... Ich hab ihm erzählt ...«

Was hatte er erzählt? Er log! Wieder einmal war es

zu einer für beide Beteiligten peinlichen Szene gekommen, bei der er mit allen Mitteln versucht hatte, seinen Gesprächspartner einzuwickeln und einzuschüchtern. In solchen Momenten phantasierte er einfach drauflos, bis er sich nachher selber nicht mehr zurechtfand. Hatte er nicht etwas von einer politischen Hasskampagne erzählt, mit der man ihn verfolgte, von Dokumenten, die in seiner Obhut waren, von seinem Vater, der in Wilna im Gefängnis saß und hingerichtet würde, falls diese Dokumente seinen Verfolgern in die Hände fielen?

Er führte seinen gebildeten Vater ins Feld, um bei dessen Altersgenossen Doktor Storm Mitleid zu erregen.

»Ich schwöre Ihnen, Doktor, Sie riskieren gar nichts ... Es ist eine Sache von einigen wenigen Tagen, bis das, worauf ich warte, eingetreten ist und ich dann unbesorgt gehen kann ...«

Nouchi wusste nicht, was er zusammenfabuliert hatte; für sie stand nur fest, dass er irgendeine Geschichte erfunden hatte und damit durchgekommen war. Wenn er richtig in Form war und seiner Phantasie freien Lauf ließ, war er unwiderstehlich und suggerierte den Menschen alles, was er wollte, wobei er ihre Gefühle ganz nach seinem Belieben manipulierte.

Jetzt wiederholte er zynisch:

»Ja, ich hab ihn eingewickelt!«

Geflissentlich unterschlug er, dass Doktor Storm sich vor allem Nouchis und mehr noch ihres Vaters wegen hatte erweichen lassen, da er mit dem alten Kersten seit vielen Jahren befreundet war.

»Hast du mir keine Zeitungen mitgebracht?«, beschwerte sich Stan. »Und auch nichts zu essen?«

»Ich hol dir gleich was …«

»Pass auf, dass du nicht zu viel redest … Sonst erzählst du womöglich was anderes als ich …«

Er wandte sich zum Fenster. Nouchis Blick gefiel ihm schon seit einigen Tagen nicht so recht.

Früher war sie weitaus passiver gewesen, hatte sich in ihr Schicksal ergeben und Stan so genommen, wie er nun einmal war.

Neuerdings beurteilte sie ihn kritisch und forderte für alles Erklärungen, die sie nicht bekam. Er hatte sich verändert, das war unbestreitbar. Sicher, besonders in schwierigen Momenten war er von jeher verkrampft, reizbar, mitunter auch aggressiv gewesen.

Aber seit jener Nacht in Les Halles, seit ihrem Wiedersehen danach war sein Gesichtsausdruck irgendwie verschlossen, hintergründig geworden. Er hatte nicht nur Angst, sondern schien sich auch zu schämen. Er war mit sich selbst nicht im Reinen.

Am Vorabend hatte sie ihn zu fragen gewagt:

»Was hast du getan, Stan? Mir kannst du es doch sagen …«

Er war wütend geworden.

»Hab ich's dir denn etwa nicht gesagt? Glaubst du mir nicht?«

Hatte sie ihm jemals geglaubt? Er hatte sie ständig belogen. Aber früher war es nicht so wichtig gewesen. Damals hatte er gelogen, um sich ins rechte Licht zu setzen, jetzt dagegen wollte er mit seinen Lügen etwas verbergen.

»Ich hol eben mal die Zeitungen …«

Sie ging nach unten. Madame Storm war immer noch im Schlafzimmer, wo Potsi gerade die Betten machte.

»Kann ich bitte eine Viertelstunde an die frische Luft gehen, Madame?«

Die arme Madame Storm wusste weder aus noch ein. Sie fragte sich, ob sie nicht ihren Mann informieren, ihn um Rat bitten sollte. Hatte Nouchi etwa die Absicht, sie endgültig zu verlassen?

»Ich bin gleich wieder da …«

Die Straße war menschenleer. Nouchi überquerte sie, um Stans Gesicht am Dachfenster zu sehen. Als sie an der Ecke einen Mann entdeckte, der Pfeife rauchte und die Hände in den Taschen seines schweren Mantels vergraben hatte, fuhr sie zusammen.

Er kam ihr bekannt vor. Offenbar hatte Potsi recht: Stan wurde überwacht. Sie war so gut wie sicher, dass der Mann sie auch kannte und dass er sie nicht wie eine beliebige Passantin ansah. Er wusste, wer sie war und wohin sie ging.

Plötzlich hätte sie sich am liebsten vor ihn hingestellt, um von ihm endlich die Wahrheit zu erfahren:

›Was hat er getan?‹

Denn dieser Mann war kein Pole, keiner von Frida Stavitskajas Komplizen. Er war ein waschechter Franzose und vermutlich Polizeiinspektor. Sein Blick folgte ihr. In der nächsten Straße ging sie zuerst zur Zeitungshändlerin, dann in eine Metzgerei. Als sie herauskam, hatte sich der Mann ein paar Schritte genähert, um besser zu sehen, was sie machte. Auch diesmal ging sie ganz dicht an ihm vorbei, mehr wagte sie nicht.

Sie eilte die sieben Stockwerke hinauf. Stan hatte ihr aufgelauert, öffnete ruckartig die Tür, entriss ihr die Zeitung, überflog sie und brummte:

»Nichts!«

Die Lebensmittel würdigte er keines Blicks. Er bezog wieder Posten am Fenster und zog heftig die Luft ein. Das Warten wurde qualvoll, entnervend.

Es war besser, ihn in Ruhe zu lassen. Nouchi kehrte in die gedämpfte Stille unten zurück, wo Madame Storm unverändert sanft lächelte, und beschäftigte sich wieder mit Doktor Storms Korrespondenz, die sie nur zum Teil entziffern konnte, weil sie nicht all diese Sprachen konnte.

Um ein Uhr erschien Potsi und teilte mit:

»Monsieur bittet Madame ins Sprechzimmer.«

Madame Storm stürzte förmlich hinüber. Nouchi blieb allein zurück und bekam undeutlich einen lebhaften Dialog mit, der über eine Viertelstunde dauerte.

Als sich die Tür abermals öffnete, war es wiederum Potsi, die verkündete:

»Es ist angerichtet.«

Die Storms saßen schon am Tisch. Madame Storm gab sich betont munter. Doktor Storm konzentrierte sich aufs Essen, doch mit seinen Gedanken war er sichtlich ganz woanders.

Erst nach dem Kaffee stand er auf und murmelte beiläufig, als sei ihm das gerade durch den Kopf gegangen:

»Würden Sie einen Augenblick mitkommen, Nouchi? Ich möchte Ihnen ein paar Unterlagen geben.«

Er schloss die Tür hinter sich und blieb dicht vor Nouchi stehen. Vielleicht wollte er ihr die Hände auf die Schultern legen, ließ es dann aber doch.

»Hören Sie, meine kleine Nouchi … Sie wissen doch, dass meine Frau herzkrank ist … Man muss jede Aufregung von ihr fernhalten … Ich konnte die Tochter eines Freundes ja nicht auf der Straße stehen lassen … Ich werde nicht mehr nach oben gehen … Ich bin nie in der Mansarde oben gewesen, verstehen Sie? In ein paar Tagen, sobald es möglich ist …«

Er wiederholte:

»… *sobald es möglich ist,* gebe ich Ihnen etwas Geld, nicht viel, wir sind ja nicht reich … Wenn ich mich recht erinnere, haben Sie mir erzählt, dass Sie nach Brüssel wollen … Was haben Sie denn? … Nein, jetzt wird nicht geweint! … Ich kann Tränen nicht ertragen … Und nun muss ich weg.«

Das war alles. Sie sah, dass er trotz des milden, regnerischen Wetters seinen pelzgefütterten Mantel aus Münchner oder Wiener Zeiten anzog. Nouchi putzte sich die Nase und kehrte zu ihren Papieren zurück.

»Ich muss in einem der Warenhäuser Satin einkaufen gehen … Kommen Sie mit, Nouchi?«

Alles lief an diesem merkwürdigen Tag gedämpft und reibungslos ab, zumindest vordergründig …

Monsieur Storm hatte bis zum Beginn seiner Nachmittagssprechstunde nur eine halbe Stunde Zeit und ging deshalb nicht weit. Er wollte sich nur in der nächsten Umgebung vergewissern, ob Stan tatsächlich beschattet wurde. Auch er bemerkte den Mann, der sich neben der Gaslaterne postiert hatte. Um sicher zu sein, dass er sich nicht täuschte, dehnte er seinen Spaziergang ohne Rücksicht auf die Sprechstunde aus und kam erst nach fast einer Stunde zurück. Der Mann war immer noch da und las im Nieselregen Zeitung.

Das war höchst unangenehm. Der Mann sah nicht wie ein Ausländer, geschweige denn wie ein politischer Verschwörer aus. Storm bat ihn sogar um Feuer, und der andere hielt ihm bereitwillig sein Feuerzeug hin.

Warum ging er nicht einfach schnurstracks zum Polizeipräsidium und erklärte:

›Ich bin Doktor Storm. Meine Papiere sind in Ordnung. Es ist alles registriert. Ich habe die Tochter eines Freundes bei mir aufgenommen und in ihrem Zimmer einen jungen Mann entdeckt, der offenbar Feinde hat …‹

Er tat es nicht und zog es auch nicht ernsthaft in Erwägung. Er unterließ es einfach deshalb, weil ihm der Mumm fehlte. Als er sich dem Haus näherte, kamen seine Frau im Persianer und Nouchi im Regenmantel heraus. Sie stiegen in ein Taxi, denn Madame Storm war schlecht zu Fuß und vertrug das Gedränge im Autobus oder in der Metro nicht.

»Genau kann ich es nicht sagen, aber ich habe das unbestimmte Gefühl ... Seit heute früh scheint Bewegung in die Sache zu kommen ...«

Kommissar Lognon lächelte, weil Inspektor Leroy schlechter Laune war. Das lag weniger daran, dass er mehrere Stunden im Regen hatte Wache schieben müssen, sondern an seinem Standort in einem bürgerlichen Viertel, wo es in der Nähe des zu überwachenden Hauses weit und breit kein Bistro gab.

»Was kommt denn in Bewegung, mein Lieber?«

»Alles und nichts ... Wie gesagt, das sind alles sehr vage Anzeichen ... Ein bisschen so, wie wenn man spürt, dass eine Erkältung im Anflug ist ... Ich vermutete schon, dass die Hausgehilfin mich bemerkt hat. Sie versteht kein Wort Französisch und traut sich nur bis ans Ende der Straße ... Janvier ist ihr bestimmt auch schon aufgefallen ... Na ja, vielleicht hat sie auch geglaubt, dass wir ihretwegen da sind? Die nimmt noch Bindfaden als Strumpfhalter ...«

»Woher wissen Sie das?«

»Weil ich ihr beim Fensterputzen zugesehen habe ... Wo war ich stehen geblieben? ... Ach ja, und heute früh war's die andere, Nouchi. Nebenbei bemerkt, sie war weiß wie die Wand ... Sie hat mich zweimal gemustert ... Beim zweiten Mal hab ich schon gedacht, jetzt spricht sie mich an, und war ganz schön in Verlegenheit ... Das Mittagessen musste ich ausfallen lassen, weil Janvier mich mit zwei Stunden Verspätung abgelöst hat, und in der Zeit ist schließlich auch noch der Doktor persönlich aufgekreuzt und hat mich sogar um Feuer gebeten ...«

»Sonst hat sich niemand in der Gegend herumgetrieben?«

»Keine Menschenseele … Die beiden Frauen sind im Taxi weggefahren … Janvier hält die Stellung … Der hat ein Glück – es regnet nicht mehr … Kann ich jetzt gehen?«

Die Schreibtischlampe mit dem grünen Schirm war gerade angeknipst worden. Die Vorhänge waren noch nicht zugezogen, sodass man die erleuchteten Fenster der Häuser auf dem gegenüberliegenden Seineufer sah.

Im Halbdunkel des Raums standen mehrere Inspektoren zum Rapport bereit. Der Kommissar spielte mit einem Drehbleistift und kritzelte ab und zu etwas auf das Blatt Papier vor ihm.

Manche der Männer hatten noch ihre Mäntel an, weil sie gerade wie Leroy von irgendeinem Auftrag zurückgekommen waren oder weil sie gerade aufbrechen wollten. Es war warm. Im Nebenzimmer klapperte eine Schreibmaschine.

»Und Sie, Julien?«

»Immer dieselbe Leier. Er bleibt stundenlang in seinem Bau und schläft, umgeben von einer Schar junger Mädchen. Das Haus verlässt er nur, um ins nächste Bistro zu marschieren. Dort redet er mit keinem Menschen, kippt nur stur seine zwei Liter Rotwein hinunter wie Wasser, und ab geht's zurück in die Falle …«

Die Rede war jetzt von Iwan, dem Hünen, der sich bei Landsleuten aus seiner Branche in Saint-Ouen einquartiert hatte.

Das Ganze war einfach, korrekt und genau nach Vorschrift abgelaufen. Inspektor Mizeri hatte sich nicht, wie Stan vermutete, die Mühe gemacht, ihn überwachen zu lassen, nachdem er sich an der Tür der ländlichen Kneipe in der Rue des Petits-Champs von ihm verabschiedet hatte. Er wusste, dass Stan, um doch noch an seine fünftausend Franc zu gelangen, sich in der Rue de Birague herumtreiben oder sich nochmals an die Polizei wenden würde.

Da der Fall nicht in sein Ressort fiel, hatte er sich damit begnügt, der Kriminalpolizei einen Bericht zu übermitteln. Dort zeigte sich Kommissar Lognon auch nicht gerade begeistert.

»Vielleicht stimmt's. Vielleicht ist es aber nur ein mieser Racheakt von dem Knaben ...«

Für den Kommissar waren alle Männer unter dreißig Knaben.

Die Polen waren nicht aktenkundig. Also konnte man sie nicht zum Verhör vorladen. Beschränkte man sich andererseits darauf, sie zu beschatten, musste man dafür über einen längeren Zeitraum Leute abstellen.

Besser war es, denen in der Rue de Birague ein bisschen einzuheizen. Also hatte man Frida in einem anonymen Brief einen Tipp gegeben, was Stan anbelangte.

»Mal sehen, was jetzt passiert ...«

Man hatte beobachtet, wie Stan im Bazar de l'Hôtel de Ville ein Küchenbeil gekauft und dabei ständig den Hünen und Kellermann auf den Fersen gehabt hatte. Als Stan sich in dem Sanitätshaus in der Rue des Francs-Bourgeois an

Inspektor Lucas gehängt hatte, war der ganze Plan allerdings etwas durcheinandergeraten.

Insgesamt hatte sich dadurch aber nichts Entscheidendes geändert. Hatte die Stavitskaja womöglich die Polizei vorübergehend von der Rue de Birague ablenken wollen, als sie Stan und zwei ihrer Polen als Aufpasser wegschickte?

Falls das zutraf, hatte sie sich verkalkuliert. Seitdem sie wenige Minuten nach Stan das Haus verlassen hatte, war sie beschattet worden. Sie konnte noch so viele Einkäufe machen, Janvier ließ sie nicht aus den Augen, bis sie sich schließlich in einem möblierten Zimmer in der Rue de la Roquette einquartierte.

»Ist sie immer noch dort?«, erkundigte sich der Kommissar, während er neben Fridas Namen einen kleinen Kreis zeichnete, der nichts weiter besagte.

»Sie muss sich zu einer regelrechten Hungerkünstlerin entwickelt haben ... Gestern hat sie ein Würstchen gekauft, heute früh zwei Croissants, und Kaffee trinken ist sie auch nicht gegangen ... Sie wird jeden Moment am Ende ihrer Kräfte sein ... Es ist auch niemand vorbeigekommen ... Ich weiß nicht, ob sie untereinander Verbindung halten können, aber wenn sie das schaffen, dann sind sie verdammt gerissen ...«

»Und Kellermann?«, fragte Lognon.

Ein anderer Inspektor, noch im Mantel, trat vor.

»Er hat heute früh versucht, eine Stelle in einer Fabrik in Puteaux zu bekommen ... Die wollten ihn aber nicht ... Beim Hinauskommen hat er mich mit seinem berühmten

Blick durchbohrt! … Für mich ist er der Gefährlichste, trotz seiner Weiberaugen … Den ganzen Tag ist er herumgelaufen, auch durch die Rue de la Roquette, ohne einmal stehen zu bleiben … Ich hab mich schon gefragt, ob es nicht irgendein Zeichen am Fenster seiner Chefin gibt, konnte aber nichts entdecken … Abends hat er dann sogar Zigarettenkippen von der nassen Straße aufgelesen …«

»Und Josef Sibirski?«

»Der hat letzte Nacht auf dem Schleppkahn der Heilsarmee übernachtet. Allmählich kriegt er einen blonden Jesusbart …«

»Der Baron?«

»Wohnt immer noch in seinem Hotel in der Rue Fontaine. Keine Ahnung, wo er das Geld hernimmt, aber er hat außerdem noch fünf Franc in einer Bar in der Rue de Douai verspielt …«

Die schwarze Marmoruhr auf dem Kamin war stehen geblieben, vielleicht schon seit dem Zweiten Kaiserreich oder sogar seit Louis-Philippe. Sechs Franzosen waren im grünlichen Lampenschein versammelt, fünf standen und nur einer saß. Sie dachten entweder in aller Ruhe nach oder warteten einfach ab.

Der Kommissar malte immer noch Kreise, Vierecke und verschlungene Linien auf das Papier.

»Die warten sicher auf irgendwas. Aber worauf?«, murmelte er, ohne den Kopf zu heben.

»Bis sie vor Hunger krepieren!«, brummte Leroy, der seinen feuchten Mantel immer noch nicht ausgezogen hatte.

Er erheiterte die anderen mit seiner Ungeduld. Er war weder groß, noch bestach er durch sein Äußeres. Auf den ersten Blick wirkte er wie ein gutmütiger Durchschnittsbürger und war dennoch von allen Anwesenden der größte Draufgänger, wenn es galt, Verbrecher zu überrumpeln.

Unter seinem Mantel verbargen sich die Muskeln eines ehemaligen Sportlehrers. Sein ganzes Glück war es, einen Kerl wie den Hünen Iwan zu beschatten, ihn im richtigen Moment rücklings zu überwältigen und ihm die Handschellen anzulegen, bevor der andere überhaupt wusste, wie ihm geschah.

»Solange wir keinen von denen festnehmen! ...«

Seit mehreren Tagen erwog man diese Möglichkeit – einen zu verhaften, und zwar denjenigen, den sie für das empfindsamste Gemüt hielten, und ihn so lange zu verhören, wie es erforderlich war, damit er auspackte.

Sollte das allerdings nicht klappen, würden endlose Schwierigkeiten entstehen, und sie würden die Bande höchstwahrscheinlich nie mehr dingfest machen.

»Warum geben wir dem Kleinen denn nicht seine fünftausend Franc? Wir könnten sie ihm doch spielend wieder abnehmen, wenn er in die Sache verwickelt ist ...«

Weil seine Zeugenaussage für die Geschworenen völlig unerheblich wäre, da er keinerlei Beweise hatte!

An sechs verschiedenen Punkten von Paris wurden Josef Sibirski, Frida, Stan, Iwan, der Baron und Kellermann von anderen Inspektoren weiterhin beschattet. Die Lampe mit dem grünen Schirm warf ihr ganzes Licht auf das vollgekritzelte Blatt Papier.

»Was unternehmen wir, Chef?«

Nach kurzem Schweigen seufzte Lognon:

»Was wollt ihr denn unternehmen, Kinder? Wir machen so weiter ...«

Womöglich verbrachte ein altes Ehepaar auf irgendeinem Hof im Norden seine letzten friedlichen Nächte, bevor die Bande einfiel und mit dem Küchenbeil ein fürchterliches Blutbad anrichtete?

Frida hatte Hunger. Den Worten des Inspektors zufolge nagte sie am Hungertuch, und damit war bereits etwas erreicht. Wenn alle am Ende ihrer Kräfte wären, müssten sie notgedrungen etwas unternehmen! Ob sie wohl noch die geräucherte Gans vor Augen hatten, deren abgenagte Knochen man im Zimmer gefunden hatte, und die Schaumweinflaschen, die sie zum Spaß zerschlagen hatten?

Stan lag unbeweglich auf seinem Bett. Seine Nerven waren zum Zerreißen gespannt. Er hatte kein Licht gemacht. Gegenüber war das Fenster links neben dem Hoteldiener – oder war er Chauffeur? – beleuchtet, wo eine ältere Frau unter der Lampe saß und nähte.

Er war nervös. Die Weinflasche, die Nouchi ihm mittags gebracht hatte, war leer. Er hatte nichts mehr zu trinken und zu essen, da er alles bis auf den letzten Bissen vertilgt hatte – ohne Appetit, nur um die Zeit totzuschlagen ... Er lauschte den anonymen Geräuschen: Türen, die geschlossen wurden, Schritte auf der Hintertreppe, Dienstmädchen, die sich umziehen oder ihre Zimmer aufräumen wollten, ein gedämpfter Wortwechsel zwischen zwei Köchinnen am Ende des Ganges.

Nouchi ließ auf sich warten. Er wusste nicht, wo sie steckte. Wie konnte er auch ahnen, dass sie in dem großen, strahlend hellen Kaufhaus Satinballen begutachtete, die Madame Storm unentschlossen vor ihr ausbreitete?

»Wie gefällt Ihnen dieser, Nouchi?«

Und die Autos, die zu Tausenden und Zehntausenden durch die Straßen kurvten, hupten, bremsten, wieder anfuhren, eine Parklücke am Bordstein suchten; die Autobusse, in denen sich die Leute drängten, stumpf, blicklos; die Geschäfte; die auf- und abwärts fahrenden Aufzüge; die schattenhaften Gestalten, die durch die Menge die Bürgersteige entlanghasteten …

Zwei Stockwerke unter ihm saßen Menschen auf einem Kippstuhl mit Nackenstütze, den Mund weit aufgerissen; oder aber Doktor Storm beugte sich mit seiner kleinen Stirnlampe über ihr Ohr und untersuchte den Gehörgang.

»Danke, Doktor … Was bin ich Ihnen schuldig? …«

Der Nächste, bitte! Während Potsi den Patienten hin ausbegleitete, öffnete Storm die Tür zum Wartezimmer einen Spaltbreit und zählte nach, wie viele Patienten er noch abfertigen musste.

Ein Stockwerk tiefer wohnte eine Familie mit vier oder fünf Kindern und einem Kindermädchen; der Kinderwagen stand unten im Hauseingang.

Wenn Inspektor Mizeri sich doch nur anständig benommen und ihm die fünftausend Franc gegeben hätte, anstatt ihn überlisten zu wollen! Er hatte es ja schon immer zu Nouchi gesagt: Die Franzosen sind Geizhälse! Warum gab es in den Dienstmädchenkammern kein fließendes Wasser wie im restlichen Haus? Und keine Zentralheizung!

Sodass er im Mantel schlafen musste!

Er verabscheute sie!

Wen? Alle! Er machte da keinen Unterschied. Eben *sie*! Und Storm ebenfalls, der mit dieser Miene des Biedermanns, des rechtschaffenen, gewissenhaften Menschen großen Wert auf die Feststellung gelegt hatte, dass er Stan nicht etwa um seinetwillen, sondern Nouchis und ihres Vaters wegen weiterhin unter seinem Dach duldete!

Schon wieder verspätete sie sich! Sie hielten sie unten auf, wegen nichts und wieder nichts, nur weil sie sich noch unterhalten wollten! Es würde neun werden, bis sie ihm endlich die Nachmittagszeitungen heraufbringen würde! Falls sie sie nicht vergessen hatte! Falls sie eine Möglichkeit gefunden hatte, sich aus dem Haus zu stehlen und über die Straße zu gehen! Falls Madame Storm, die er nie zu Gesicht bekommen hatte und nur aus Beschreibungen kannte, Nouchi nicht bat, ihr bei irgendeiner langweiligen Näharbeit zu helfen!

Denn es gab tatsächlich Leute, die einfach nur zu ihrem Vergnügen nähten!

Und nichts würde sich für sie, für irgendjemanden ändern, wenn Stan sich zum Fortgehen entschloss und man ihn an der nächsten Ecke wie ein Tier abknallte!

Vielleicht wäre Nouchi sogar darüber erleichtert?

Benahm sie sich nicht schon ganz wie ein Kind des Hauses, wie ein »Schützling«?

Danach könnte Storm ungeniert heraufkommen mit

seinem leicht wackligen Kneifer und den blitzenden Augen hinter den Gläsern! Und natürlich würde er wegen der Nachbarn jedes Geräusch vermeiden …

Und Nouchi würde ihn durch kein Keuchen verraten!

3

Stell dir das doch bloß mal vor! Am *bal musette* war es gerammelt voll, wie jeden Samstag. Das Orchester beginnt einen Java. Da steht Maurice auf und geht auf die beiden zu, als ob er zum Tanzen auffordern wollte. René steht aber schon da mit ihr, sieht ihn auf sich zukommen. Natürlich will er nicht klein beigeben, also fasst er Germaine um die Taille.

›*Pardon!*‹, sagt da Maurice einfach und schlägt Germaine mit einem Handkantenschlag aus Renés Umarmung frei. Er war eben scharf auf sie!

›Ich kann dich nicht zwingen zu tanzen, wenn du nicht magst. Aber wenn du nicht mit mir tanzt, tanzt du auch mit keinem andern …‹

›Komm, René, wir tanzen!‹, sagt Germaine daraufhin und macht dem kleinen Blonden schöne Augen.

Doch kaum fasst René sie wieder um die Taille, hat er schon die Faust von Maurice mitten im Gesicht, direkt auf der Nase.

›Du gemeines Biest!‹, schreit Germaine …«

Stan war kurz davor, an die Wand zu klopfen und die beiden Frauen nebenan um Ruhe anzuflehen. Er hielt sich die Ohren mit geballten Fäusten zu, doch der Redeschwall war nicht zu stoppen. Am Vorabend hatten sie nicht so ununterbrochen gequatscht, sondern zwischendurch geschwiegen. Wohl, weil die Jüngere ein Kleid anprobierte und die andere Stecknadeln zwischen den Lippen hatte.

»Was hättest du denn an ihrer Stelle gemacht? Also ich hätte ihm geantwortet …«

Er wusste nicht, in welchem Stockwerk die beiden arbeiteten, und auch nicht, als was – wahrscheinlich als Köchin und als Zimmermädchen. Jede hatte ihre eigene Dachkammer, aber bis Mitternacht hockten sie nebenan zusammen und redeten unaufhörlich, wenn nicht die eine der anderen mit lauter Stimme aus einem Roman oder einer Filmzeitschrift vorlas.

Stan hatte kein Licht gemacht. Mit voller Absicht. Wenn er gereizt war, steigerte er sich noch in seinen Zustand hinein, zumal bei einem so vollen Mond, der riesig und leuchtend über dem Dach hing, das nun allmählich trocknete.

Er wartete auf etwas Bestimmtes. Er musste sich konzentrieren. Er dachte nach. Er lag auf der Lauer. Er war kurz davor zuzuschlagen. Er befand sich in Hochspannung. Und diese beiden Weiber, vor allem die junge, die er durchs Schlüsselloch gesehen hatte, zwar nur bis zu den Hüften, aber deren Hintern klein und prall war …

»Ich hätte an Renés Stelle … Schließlich ist er ja nicht irgendwer, also ich hätte …«

Nie würde er erfahren, was die Kleine an Renés Stelle getan hätte, denn er war aufgefahren. Er hatte es gehört. Durch sein stundenlanges Lauschen auf jedes Geräusch erkannte er Nouchis Schritt, sowie sie die Hintertreppe betrat.

Auf Zehenspitzen schlich er zur Tür und drückte sich hinter ihr ganz flach an die Wand. Nouchi näherte sich. Sie ging rasch. Es war immer dasselbe – je näher sie kam, desto langsamer ging sie, hielt mitunter unwillkürlich inne.

Auch das kannte er! Zur Genüge! Seine Nasenflügel zogen sich ein wenig zusammen, nicht übermäßig, seine Lippen verzogen sich im Dunkeln zu einem bitteren Lächeln.

Sie suchte den Schlüssel in ihrer Handtasche, denn Stan war ja eingesperrt! Dann drehte sie den Türknauf! Überrascht, dass es kein Licht gab bis auf das helle Viereck, das der Mondschein an die Wand zeichnete, tastete sie nach dem Lichtschalter.

Was mochte ihr durch den Kopf gehen? Dass er entkommen war? Aber wie denn? Sie schaute sich um. Sie musste seine Nähe spüren, denn sie drehte sich in seine Richtung und fragte:

»Was ist denn los mit dir?«

»Ich wollte dir einen Schreck einjagen.«

Er überlegte nicht, was er sagte. Er war außer sich. Nouchi hatte ihn, als sie ihn hinter der Tür entdeckte, völlig gleichgültig angesehen, da war er sich sicher.

»Gib schon her! …«, herrschte er sie an.

»Ich habe ihn nicht.«

»Wieso?«

»Ich kam den ganzen Tag nicht an den Schreibtisch heran …«

Sie entschuldigte sich nicht. Sie hatte keine Angst. Mechanisch ließ sie die Stores herunter, über die ein Schmutzstreifen lief. Dann zog sie ihr schwarzes Kleid über den Kopf und befreite sich unsanft von ihren Schuhen.

Sie log, das stand fest! Bestimmt hätte sie den Revolver an sich nehmen können, hatte es nur nicht gewollt. Dass er am Mittag auch nur von dessen Existenz erfahren hatte, war dem Überraschungseffekt zu verdanken.

»Besitzt Storm einen Revolver?«, hatte er sie geradeheraus gefragt.

»Ja … Das heißt, ich glaube …«

»Du hast ja gesagt!«

»Ich meine, einen in der Schreibtischschublade gesehen zu haben …«

»Du musst ihn an dich nehmen und mir bringen … Man weiß nie, was noch bevorsteht …«

Sie war nicht erschrocken, obwohl ihr der Gedanken kommen musste, er könnte sich womöglich umbringen.

Nein! Sie glaubte nicht daran! Er spürte das! Sie hatte nicht mehr denselben Blick wie früher.

»Sprich nicht so laut …«

Die beiden Frauen nebenan waren verstummt, sie lauschten. Was, wenn sie im Viertel herumerzählten, dass ein Mann und eine Frau sich abends auf Deutsch unterhielten …

»Nimmst du ihn morgen an dich?«

»Ich will's versuchen«, versprach sie halbherzig.

»Was habt ihr heute Abend gegessen?«

»Wiener Schnitzel.«

»Und davor?«

»Das weiß ich nicht mehr … Eier …«

»Und zum Nachtisch?«

»Eine Scheibe Büchsenananas … Hast du dich nicht rasiert?«

»Nein!«

Ein schlechtes Zeichen. Sie hatte ihm ein Rasiermesser, Seife und einen Rasierpinsel gekauft. Sie wusste, wenn er sich nicht rasierte, wenn er genüsslich mit stoppligen Wangen und schwarzen Fingernägeln herumlief, dann war er besonders schlecht drauf.

Er wusste das ebenfalls. Besser noch als sie! Er wusste auch, wann die äußerste Grenze erreicht war, die er nicht überschreiten durfte. Sonst hätte er sich in seiner Wut zu irgendwas hinreißen lassen können.

»Was haben sie gesagt?«

»Nichts weiter … Legst du dich nicht hin? … Sie haben nicht über dich gesprochen …«

Sie war erschöpft, ausgepumpt. Ihr Schritt gerade eben auf dem Flur hatte sich tatsächlich verlangsamt. Sie hatte gezögert und beinahe Angst gehabt. Reagierte auch sie auf den Mond, der immer noch am Himmel stand und sich schwach hinter den Stores abzeichnete?

Stunde um Stunde hatte sie in der wattierten Atmosphäre unten bei der sanftmütigen Madame Storm verbracht, hatte deren innere Unruhe gespürt, die jene sich nicht einzugestehen wagte. Und nun fand sie sich plötzlich in diesem Raum wieder, eingeschlossen mit Stan, der seinerseits immer erregter wurde.

»Warst du an der Ecke? Steht er immer noch da?«

»Ja.«

»Hör zu, Nouchi …«

»Was ist denn?«

Sie legte sich mit Widerwillen ins Bett. Er blieb angezogen stehen.

»Es gäbe einen Weg … Wie viel Geld haben die Storms wohl im Haus? … Er arbeitet doch bestimmt gegen Barzahlung … Ein paar tausend Francs dürften es schon sein … Die schnappen wir uns … Du suchst den Revolver … Du gehst voraus, und sobald du ihm, der deine Anwesenheit gewohnt ist, gegenüberstehst, knallst du ihn nieder … Die Straßen sind um diese Zeit menschenleer … Wir können fliehen, zu einem Bahnhof laufen, einen Zug nehmen …«

»Nein.«

Sie empörte sich nicht mehr. Sie sagte einfach Nein, schonungslos, und dieses unverblümte Nein beendete die ganze Diskussion. Außer Gefecht gesetzt, versuchte er sich an eine andere Idee zu klammern, und das gelang ihm auch, denn um fixe Vorstellungen war er nie verlegen.

Er griff nach Nouchis Handtasche, einem winzigen Ding. Trotzdem vergewisserte er sich, dass der Revolver nicht darin war. Ebenso untersuchte er die Tasche ihres Gabardinemantels. Vom Bett aus beobachtete sie ihn gleichgültig.

»Jetzt gehst du ganz schön weit!«

Hatte er Nouchi wirklich zugetraut, sie könnte ihn umbringen, um ihn loszuwerden? Er wusste es nicht mehr.

Aber er brauchte unbedingt ein Ventil für seine Angst, die ihn zu ersticken drohte.

»Hör mal zu, Nouchi ... Da ist etwas, das du nicht weißt, das ich dir nie gesagt habe ...«

Er spielte die Szene miserabel. Früher war es leichter gewesen, da hatte Nouchi ihm alles abgenommen; jetzt wartete sie lediglich gelangweilt ab.

»Als ich dich ohne einen Sou in dem Café in der Rue Montmartre zurückgelassen habe ...«

»Die Geschichte vom Taxi hast du mir schon erzählt!«

»Aber wie's weiterging? Weißt du auch, was ich danach gemacht habe, als ich dir unbedingt Geld in das Hotel bringen wollte, wo du auf mich warten solltest?«

»Leg dich hin!«

»Du hast Angst, es zu erfahren, nicht wahr? Na schön! Ich hab die Polizei angerufen, Inspektor Mizeri, der mich mal zur Grenze gebracht hat ... Ich hab ihm gesagt ...«

Seine Nasenflügel zogen sich zusammen, immer mehr, aber es wirkte nicht ganz natürlich, und Nouchi merkte das.

»Brauchte ich nun Geld oder nicht? ... Also habe ich Fridas Bande ans Messer geliefert ... Kapierst du jetzt? ... Frida weiß das, und die anderen auch ...«

Seufzend wiederholte sie:

»Leg dich hin!«

Kam es darauf an, was er getan hatte? Er war jedenfalls hier!

»Verabscheust du mich? Willst du, dass ich mich abknallen lasse? Willst du, dass ich mich umbringe, damit du hier in Frieden leben kannst bei Madame Storm und ihrem Mann?«

»Ich bin müde, Stan ...«

Er kletterte über sie hinweg, legte sich vollständig angezogen dicht an die Wand. Die Szene war danebengegangen. Es war ihm nicht gelungen, Mitleid zu erwecken. Nouchi streckte den Arm aus, um das Licht zu löschen.

»Gute Nacht ...«

Plötzlich schreckte ihn der Gedanke, dass sie vielleicht selbst einen Plan hatte, dass sie sich unten womöglich abgesprochen hatten. Wie würden sie es wohl anstellen, ihn loszuwerden?

›Ich geb dir einen guten Rat, Kleine. Wenn ein Mann dir so kommt, mach Schluss mit ihm, lass ihn stehen. Der taugt nichts ...‹

Die beiden Dienstmädchen nebenan taten sich immer noch an ihren Erlebnissen gütlich, wie man Süßigkeiten nascht oder sich mit Kuchen vollstopft. Sie würden erst aufhören, wenn ihnen die Augen zufielen.

Weder Stan noch Nouchi schliefen. Stan dachte an den Revolver und überlegte, was er alles damit anstellen konnte. Mit geschlossenen Augen fiel es leicht, Pläne zu entwerfen, sie wieder fallenzulassen, neue, immer noch schrecklichere, noch kompliziertere und schwierigere auszuhecken.

Neben ihm starrte Nouchi ins Dunkel, das der Mondschein durch die eierschalenfarbenen Stores hindurch schwach erhellte.

Früher hatte sie stets Mitleid empfunden, ja, mehr als Mitleid. Sie hatte an Stan geglaubt.

Hatte nicht ihr Vater, der sonst nur Bitterkeit und Härte kannte, erklärt:

»Der Junge wird es einmal weit bringen! ... Falls er nicht vorher auf dem elektrischen Stuhl landet ...«

Das war in Amerika gewesen. Nouchi mochte Amerika nicht, da sie die Sprache nie richtig erlernt hatte.

War sie deshalb Stan nach Europa gefolgt? Oder lag es daran, dass es ihr Schicksal war, einem Mann zu folgen, danach vielleicht einem anderen und so fort?

Ihre Schwester wusste, was sie wollte: genug Geld für ein Haus auf dem Land und Kinder.

Nouchis Vorstellungen waren viel verschwommener; ihr Traum, falls sie überhaupt einen hatte, bestand darin, sich gegen fünf Uhr nachmittags gut angezogen, in Stöckelschuhen zum Tanztee einzufinden, in einem Salon, wo es nach Parfüm duftete ... Aber nicht in New York!

Madame Storm hätte so leben können, wenn sie gewollt hätte, wenn sie weniger dick und unbeweglich gewesen wäre.

Und Nouchi selber, wenn sie bei den Storms bliebe ... Der Doktor hing sehr an seiner Frau und wäre zu vielem fähig, um ihr keinen Kummer zu machen.

Trotzdem war er ein leidenschaftlicher Mensch. Nouchi hatte das sofort an seinen Augen hinter den Gläsern gesehen. Sie waren ein ebenso zuverlässiges Indiz wie Stans Nasenflügel. Bei Storm wurden die Pupillen plötzlich starr, die Augen leuchteten ... Und außerdem war da diese

Wärme, dieses Fluidum, das seine Hand ausströmte, wenn er sie Nouchi auf die Schulter legte …

Zehnmal, zwanzigmal am Tag … Er beugte sich über sie und sagte:

»Meine kleine Nouchi …«

Dann hielt er auf einmal inne. Nouchi war überzeugt, dass Madame Storm es merkte, auch wenn sie nichts sagte. Andererseits war sie sicher, dass sich ohne Stan alles reibungslos geregelt hätte und dass Madame Storm im Grunde über diese Lösung nicht allzu betrübt gewesen wäre.

Nouchi wäre gleichzeitig Sekretärin und Gesellschafterin geworden. Sie hätte hübsche Kleider bekommen, und das alte Ehepaar hätte sich wieder jung gefühlt. Vor dem Übrigen hätte Madame Storm die Augen verschlossen. Sie wusste, dass sie zur Liebe nicht mehr taugte und Helmut sie so oder so betrügen musste.

Stan wurde unruhig. Mit ihm das Bett zu teilen, war eine Strapaze, er wälzte sich ständig herum, und wenn er endlich in irgendeiner unbequemen Stellung einschlief, wurde einem sein gepresster Atem zur Qual.

An diesem Abend versuchte er gar nicht erst einzuschlafen. Er dachte nach. Alle beide dachten sie nach. Und versuchten sie nicht beide, die Gedanken des anderen zu erraten?

Wahrscheinlich ließ ihm die Idee mit dem Revolver keine Ruhe. Es war immer dasselbe mit ihm. Eine Woche lang hatte er mindestens zehnmal täglich von seinen berühmten fünftausend Franc gesprochen. Seit dem Mittag war es der Revolver. Wie er an ihn herankommen konnte, wusste er. Er war sich nur noch nicht schlüssig, wofür er ihn einsetzen wollte.

»Wohin gehst du?«, fragte er irritiert.

Sie war aufgestanden, um den Schlüssel abzuziehen und ihn unter ihr Kopfkissen zu schieben.

»Was hast du gemacht?«

»Nichts.«

»Hast du etwa Angst, ich könnte mich verdrücken?«, lachte er hämisch, denn er hatte sich trotz der Dunkelheit jede ihrer Bewegungen zusammengereimt.

Elf Uhr. In einer riesigen Schaltzentrale saßen zwei Männer im grauen Kittel beim Essen; ein dritter trug Kopfhörer.

An der Wand hing ein großer Stadtplan von Paris, auf dem mitunter ein Lämpchen aufflackerte. Und schon leuchtete auch eines der kleinen roten Lichter an der Telefonzentrale auf.

»Hallo! … Ist euer Wagen schon unterwegs?«

Der rote Punkt, der soeben geblinkt hatte, zeigte an, dass ein mit Beamten vollbesetzter Wagen soeben vom Polizeirevier in der Rue des Abbesses losgebraust war.

Der Beamte vom Revier, wo auf einem Ofen Kaffee warm gehalten wurde, antwortete:

»Ein Anruf aus Saint-Ouen … Schlägerei zwischen Polen in der Vorstadt …«

Der Mann mit den Kopfhörern drehte sich zu seinen essenden Kollegen um.

»Sagt mal, ihr zwei! Haben wir nicht eine Anweisung von der Kriminalpolizei wegen Saint-Ouen?«

Der eine stand auf, blätterte die Dienstanweisungen durch, die an einem Haken hingen.

»Stimmt … Vor Mitternacht Kommissar Lognon in seinem Büro benachrichtigen … Nach Mitternacht zu Hause anrufen – Marcadet 18–23 …«

»Hallo! … Ist dort die Kriminalpolizei? … Geben Sie mir bitte Kommissar Lognon! … Hier spricht die Notrufzentrale … Der Einsatzwagen aus der Rue des Abbesses ist nach Saint-Ouen unterwegs. Schlägerei zwischen Polen …«

Der Kommissar zog seinen Mantel an, knipste die Lampe mit dem grünen Schirm aus, ging die Treppe hinunter und überquerte den Hof, dessen Pflaster an einigen Stellen noch feucht war. Sein Taxi fuhr über die erleuchteten Boulevards von Montmartre, glitt dann durch dunkle Seitenstraßen und hielt bald darauf vor dem Bistro, das Inspektor Janvier, der an diesem Abend Iwan beschattete, zu seinem Standquartier gemacht hatte. Er war nicht drin. Ein wenig weiter parkte im Hintergrund ein Polizeiauto. Uniformierte Gestalten gingen auf und ab.

»Kommissar Lognon … Was ist passiert?«

»Eine Messerstecherei, da drüben …«

Die engen Gassen zwischen den Baracken waren nicht beleuchtet. In der Finsternis hörte man Menschen aufgeregt umherhasten und miteinander flüstern.

»Sind Sie's, Chef? … He, ihr dort! Wo bleibt der Krankenwagen? …«

»Muss jeden Augenblick kommen …«

»Was ist denn passiert, Janvier?«

»Keine Ahnung, Chef … Die wollen nicht mit der Sprache herausrücken … Der Kerl hat vorsorglicherweise die Lampe umgeschmissen … Sehen Sie mal …«

Er stieß die Tür einer Holzhütte auf und ließ den Lichtkegel seiner Taschenlampe durch den Raum wandern. Auf dem Boden lag eine zerbrochene Petroleumlampe. Ein antikes Stück aus der Zeit Louis-Philippes – blaues Glas mit zarten Goldornamenten –, das die Polen wer weiß wo hatten mitgehen lassen. Das Petroleum war ausgelaufen.

Eine hagere, bleiche Frau stand reglos da, hielt ein dunkles Umhängetuch fest über der Brust zusammen. Als der Strahl der Taschenlampe sie traf, sah sie mit weit aufgerissenen Augen starr vor sich hin.

»Die kann kein Wort Französisch«, murmelte Janvier.

Der Lichtkegel schwenkte nach links. Zwischen leeren Kisten lagen Kinder auf Lumpen kreuz und quer durcheinander. Ein kleines Mädchen weinte. Ein Säugling schlief. Ein Junge starrte mit seinen Katzenaugen ins Licht, genau wie seine Mutter.

»Sieben Kinder … Ich möchte wissen, ob das alles ihre eigenen sind … Sie mussten auf den Märkten betteln …«

Schließlich richtete Janvier die Taschenlampe auf das andere Ende des Raumes und erkundigte sich unwirsch:

»Hast du Schmerzen?«

Dort saß ein magerer rothaariger Mann ohne Jacke, die Hand gegen die Brust gepresst, das offene Hemd blutgetränkt.

Er antwortete nicht.

»Verstehst du auch kein Französisch?«

Auf dem Tisch standen Flaschen, daneben lagen ein Stück Brot und ein Rest Käse. Ein Stuhl war umgekippt, seine Lehne mit Samt bezogen, die Sitzfläche fehlte.

»Sie waren alle hier, wie jeden Abend. Ich habe die Baracke von weitem beobachtet. Auf einmal hörte ich Lärm und sah, wie das Licht ausging. Ein Mann stürzte heraus und verschwand in der nächsten Gasse, noch bevor ich die Tür erreicht hatte. Ich nahm die Verfolgung auf, doch er hatte einen zu großen Vorsprung. Ich machte kehrt und fand den da in diesem Zustand. Das Messer liegt auf dem Tisch. Sie hatten damit gegessen …«

Bremsen quietschten. Männer kamen herein.

»Los, steh auf! Kannst du gehen?«

Der verletzte Pole sah sie an wie ein weidwundes Tier, die blutverschmierte Hand immer noch auf der Brust.

»Los! … Aufstehen! …«

Die Frau blickte ihnen nach, stumm, reglos. Die Kinder rührten sich nicht. Man konnte nicht genau sehen, wie viele Augen im Schatten ringsum lauerten.

»Komm!«, murmelte Lognon nachdenklich, während er sich zwischen der Baracke und dem Krankenwagen hindurchquetschte.

Ein riesiger Mond hing über den Dächern aus Wellblech oder Dachpappe.

In dem Taxi, das sie zur Bastille brachte, hatte Kommissar Lognon nur knapp mitgeteilt:

»Ich glaube, die kriechen jetzt aus ihren Löchern … Sie sind am Ende … Leroy hat mich vorhin angerufen – er hat Sibirski in der Rue de la Roquette gesehen …«

Janvier, der in der vergangenen Woche Vater geworden war, sehnte den baldigen Abschluss dieses Falles herbei. Seit zwei Wochen lösten sich rund zwanzig Leute bei der Beschattung der Polen ab, folgten ihnen quer durch Paris, wo das Leben normal weiterging – zwanzig französische Beamte, größtenteils verheiratet, die entweder eine kleine Wohnung in der Stadt oder ein Häuschen in einem Vorort hatten.

»Siehst du ihn?«

»Bis jetzt nicht.«

Der Kommissar und Janvier gingen zu Fuß durch die Rue de la Roquette, wo vor gewissen Haustüren Schatten zu sehen waren. Die billigen Tanzlokale in der Rue de Lappe mit roter oder violetter Beleuchtung hatten sie nur mit einem flüchtigen Blick gestreift.

Vielleicht hatte sich dort oder in einem dieser Etablissements am Montmartre die berühmte Szene zwischen Maurice und René abgespielt, an der sich die beiden Dienstmädchen so weideten?

Stan schlief noch nicht. Ebenso wenig Nouchi. Im Zimmer gegenüber war das Licht angegangen, dann wieder gelöscht worden: Der Hoteldiener hatte seine sorgsam gefaltete Hose unter die Matratze gelegt.

Helle weiße Wolken hatten sich unmerklich vor den Mond geschoben und bedeckten bereits ein gutes Drittel des Himmels.

»Ist das ihr Hotel?«

»Ja, Chef. Vielleicht ist sie ausgegangen …«

Kommissar Lognon war ebenfalls nervös. Das lag auch an seiner Erschöpfung, das Ganze zog sich schon zu lange hin. Außerdem verspürte er eine gewisse Unruhe.

Kann man bei diesen Ausländern jemals wissen, wie sie reagieren?

»Ist das nicht Leroy dort hinten?«

Ein Mann von mittlerer Statur stand auf Zehenspitzen vor einem Bistro und spähte über den Milchglasteil der Fensterscheibe hinein.

»Ich gehe mal nachsehen!«

Janvier entfernte sich.

Die beiden Männer gaben einander die Hand, kehrten gemeinsam zurück.

»Sie ist drin!«, berichtete Leroy.

»Was macht sie da?«

»Nichts! Sie wärmt sich auf.«

»Hat sie nichts getrunken?«

»Das dürfte ihr schwerfallen. Sie hat keinen Centime. Sie ist einfach hineingegangen und hat sich vor dem Ofen aufgepflanzt. Keine Ahnung, was sie dem Wirt geantwortet hat, als er sie nach ihren Wünschen fragte, aber man hat sie jedenfalls in Ruhe gelassen …«

Die drei blieben auf dem Bürgersteig stehen.

»Hat Sibirski mit ihr Kontakt aufgenommen?«

»Nein! Er ist zweimal am Hotel vorbeigegangen. Der macht auch einen ziemlich mitgenommenen Eindruck. Er hat sie nicht angesprochen. Ich frag mich immer noch, ob sie sich nicht mithilfe des Fensters irgendwas signalisieren, zum Beispiel durch eine bestimmte Art, den Vorhang zuzuziehen …«

Er gab Lognon, der sich eine Zigarette anstecken wollte, Feuer.

»Meinen Sie, heute Nacht ist es so weit?«

Nouchi hatte beschlossen, kein Auge zuzumachen. Sie wurde in dieser Ansicht nur noch bestärkt, als sie merkte, dass Stan sich schlafend stellte, gleichmäßig zu atmen versuchte, sie belauschte, dann plötzlich die Luft anhielt und horchte, ob sie ihrerseits schlief.

Also tat sie ebenfalls, als ob sie schliefe, atmete tief und ruhig, und so verstrichen weitere Minuten.

Sie durchschaute ihn mittlerweile nur allzu gut! Bisher hatte sie angenommen, er habe so seine Ticks und Anfälle, es erfasse ihn in solchen Momenten eine Art Schwindel, und er sei dann nicht bei klarem Bewusstsein.

Wurde er danach nicht wieder sanft und freundlich? Bat er sie nicht um Entschuldigung, wenn er etwas kaputtgemacht oder wenn er sie geschlagen hatte?

Zerknirscht erklärte er dann:

»Verstehst du nicht, Nouchi? … Ich hab doch keine Eltern gehabt, keine Heimat, keine Freunde … Ich hab auch keine richtige Jugend gehabt … Nichts, gar nichts hab ich gehabt … Es überkommt mich einfach, es geht mit mir durch, und ich weiß nicht mehr, was ich tue …«

Doch das war nicht wahr! Er wusste sehr wohl, was er

tat! Er bildete sich sogar noch etwas ein auf seine fieberhafte Erregtheit!

In ebendiesem Moment, das wusste sie genau, erdachte er den nächsten üblen Coup!

»Schläfst du?«, flüsterte er.

Sie antwortete nicht. Er kannte sie ebenfalls und wusste mittlerweile, dass auch sie schauspielern konnte.

Angenommen, er könnte den Revolver an sich nehmen, das Geld in seinen Besitz bringen ... Was wäre der nächste Schritt? ... Und vor allem der übernächste? ... Etwas täte er liebend gern: mit Inspektor Mizeri abrechnen.

Ob der sich zu einem neuerlichen Treffen bereitfände? Und zwar bei dem Schankwirt in der Rue des Petits-Champs?

Stan würde ihn dort erwarten, *andouille* essen und Beaujolais trinken. Er würde seine Karten nicht gleich auf den Tisch legen.

»Haben Sie *meine* fünftausend Franc mitgebracht?«

Unterdessen würde der Wirt hinter der Theke das Menü auf die Schiefertafel schreiben ...

»Hören Sie zu, Herr Inspektor. Sie halten mich wohl für einen ...«

Zuerst musste der Mann an der Ecke umgelegt werden! Und womöglich auch Nouchi, falls sie ihn zurückzuhalten versuchte?

Irgendeiner musste in jedem Fall dran glauben! Und falls er festgenommen wurde, müsste er Unzurechnungsfähigkeit vorschützen, um der Guillotine zu entgehen.

Oder behaupten, es handle sich um ein politisches Delikt. Was wäre besser?

Er war sicher, dass sie nicht schlief, und er begann sie zu hassen.

»Wälz dich nicht so rum!«, murrte er.

Bewegte sie sich überhaupt? Egal. Direkt neben ihm schlief auf der anderen Seite der Wand die Köchin. Er hatte, als die beiden Frauen sich verabschiedeten, bemerkt, dass die mit der jugendlichen Stimme wegging. Kaum dreißig Zentimeter lagen zwischen ihnen. Von Zeit zu Zeit hörte er die Sprungfedern knarren.

Wenn sie ihr ganzes Leben lang gearbeitet hatte, besaß sie Ersparnisse. Manche dieser alten Dienstboten haben kein Vertrauen zur Sparkasse und verstecken ihr Geld lieber unter der Matratze …

Wenn nur Nouchi nicht hier wäre …

Eins wäre jedenfalls ganz einfach: sich umdrehen, sie behutsam an der Gurgel fassen und mit allen Kräften zudrücken. Zweieinhalb bis drei Minuten würden genügen …

»Mach dich nicht so breit! …«, knurrte er und versetzte ihr einen Schubs mit der Hüfte.

Es stimmte – er tat es absichtlich. Er hätte sich beruhigen können, aber er steigerte sich mit Absicht in die aufregendsten Vorstellungen hinein. Ihm war heiß. Er hatte Kopfschmerzen. Am liebsten hätte er haltlos geweint.

»Was wollen Sie jetzt machen, Chef?«

»Keine Ahnung.«

»Wer ist in Passy?«

»Clément ...«

»Und der Baron?«

»Julien hat mich angerufen und berichtet, er habe vierzig Franc beim Wetten gewonnen.«

»Achtung ...«

Die Tür des Bistros ging auf. Frida Stavitskaja kam heraus, langsam, würdevoll, schloss die Tür hinter sich, hielt Ausschau nach dem Inspektor, der sie beschattete.

Es dauerte nicht lange, bis sie die drei Männer auf der gegenüberliegenden Straßenseite entdeckt hatte.

»Was hat sie heute gegessen?«, erkundigte sich der Kommissar leise.

»Nichts ...«

Alle drei waren ein wenig blass. Sie rauchten und hatten die Hände in den Manteltaschen vergraben.

»Was macht sie jetzt?«, murmelte Janvier.

Frida schickte sich an, die Straße zu überqueren, blieb stehen, um ein Auto vorbeizulassen, ging weiter und kam direkt auf sie zu. Es hatte keinen Zweck, sie überlisten zu wollen.

Sie erschien in diesem Moment in einem eigenartigen Licht; auf ihre eine Wange fiel der Mondschein, wodurch sie kalt und hart wirkte, während die andere im gelben Schimmer einer Straßenlaterne weichere Konturen zeigte.

Sie war bis auf zwei, drei Meter herangekommen, eine hochgewachsene, immer noch schöne Erscheinung. Um sich Haltung zu geben, schoben sie die Hände noch tiefer in die Manteltaschen, kauten auf ihren Zigaretten herum.

Sie konnten nicht erkennen, was sie von ihnen wollte,

und warteten ab. Und sie kam, sich in den Hüften wiegend, noch näher, bis sie dicht vor ihnen stand und sie mit bitterer, verzweifelter Ironie betrachtete.

Es hatte den Anschein, als wollte sie reden, schreien, einen Skandal machen. Aber nein! Sie lachte ein abgehacktes, nervöses, boshaftes Lachen, hielt inne, fixierte sie abermals. Dann wandte sie sich schließlich in Richtung Rue de Lappe und verschwand.

Einen Augenblick standen sie wie gelähmt da. Janvier starrte auf das Pflaster. Lognon verzog das Gesicht.

»Gehen wir!«, seufzte er, um die Spannung zu lösen.

Ihr nach! Unbedingt!

Sibirski trieb sich irgendwo in der Gegend herum. Iwan, den Hünen, hatten sie aus den Augen verloren. Kellermann war den letzten Meldungen nach in einer Stammkneipe der Taxifahrer aufgekreuzt, hatte sich den Bauch vollgeschlagen und dann das Weite gesucht, ohne zu bezahlen.

Auf fünf Bauernhöfen waren in knapp zwei Jahren mehrere Menschen mit dem Beil erschlagen worden, vor allem alte Leute und einmal ein achtjähriges Kind, das zur Unzeit geschrien hatte.

Janvier schluckte.

»Was hat sie Ihrer Meinung nach vor?«

Frida wusste, dass sie verfolgt wurde, denn sie versteckten sich nicht.

Und alle, auf beiden Seiten, waren von dem Taumel erfasst, dem Ganzen endlich ein Ende zu machen.

Vor den Hotels standen Frauen wartend herum. Die Rue

de Lappe war in violettes Licht getaucht. Janvier wusste, dass sein Sohn um diese Stunde gestillt wurde.

Nouchi kämpfte gegen den Schlaf. Sie dachte an den Schlüssel unter ihrem Kopfkissen und versuchte sich einzureden, dass sie es sofort merken würde, wenn Stan ihn an sich brachte.

Madame Storm, die seit einer Woche an Schlaflosigkeit und Herzklopfen litt, hatte zwei Schlaftabletten genommen.

4

Sie war so groß und beleibt, dass sie den ganzen Türrahmen auszufüllen schien. Auf dem Kopf trug sie einen kleinen Hut mit grüner Troddel, und vor dem Bauch hielt sie mit ihren geschwollenen Händen eine Tasche umklammert, die nicht größer war als der Beutel einer Erstkommunikantin. Trotz aller Mühe, die sie sich gab, war sie die Zurückhaltung und Bescheidenheit in Person, und man sah sie direkt vor sich, wie sie Gemüse putzte oder Babyjäckchen strickte.

Sie stand unbeweglich da wie eine Reklamefigur. Die Tür hinter ihr, deren einer Flügel geöffnet war, trug auf der Milchglasscheibe in verschnörkelten Buchstaben die Aufschrift *Hotel*.

Das Haus lag zwar noch in der Rue de la Roquette, aber schon ganz nah an der Place de la Bastille. Tagsüber verschwand die besagte Tür zwischen all den Geschäften, die in dem Gebäude untergebracht waren. Nachts aber konzentrierte sich die Aufmerksamkeit auf sie und die dicke Frau davor, die sofort Ausschau hielt, wenn sie Schritte hörte. Etwas weiter weg standen auf einer ganz ähnlichen Schwelle drei Frauen, die, mal die eine, mal die andere, die männlichen Passanten ansprachen und ihnen oft bis zur Ecke Faubourg Saint-Antoine folgten.

Zu der Dicken gesellte sich nun ebenfalls eine weitere, die sich mit der Schulter an die Hauswand lehnte. Jaja bemerkte sie nicht sofort. Sie glaubte, ihre Kollegin Louise sei zurück. Dann sah sie die andere an und fragte:

»Du bist doch nicht aus der Gegend, oder?«

Frida Stavitskaja lächelte, ohne zu antworten.

»Bist du Ausländerin? Na, red schon! ...«

Jetzt entdeckte sie die drei Männer, die gegenüber an der Ecke standen.

»Hast du wenigstens bei der Sitte alles klar? Die Kerle da drüben sind nicht koscher, das riech ich ...«

Jaja lächelte. Ein breites, automatisches, zuckersüßes Lächeln. Ein Araber mit langem, dünnem Schnurrbart blieb vor Frida stehen, musterte sie und entschied sich am Ende für die Dickere.

So blieb die Polin allein und schaute unentwegt über die leere Straße zu den drei Männern. Der Mond stieg höher. Auf der weiträumigen Place de la Bastille gab es nur wenige Passanten, die – wie auf alten Stichen – schwarzen Punkten glichen. Sämtliche Rollläden waren heruntergelassen. Lediglich zwei Cafés hatten noch Licht.

Frida, die Hunger hatte, bemühte sich, ihr verächtliches Lächeln beizubehalten, denn die drei beobachteten sie, drei kümmerliche Franzosen, die zu Abend gegessen hatten und Zigaretten rauchten.

In welcher Absicht waren sie diese Nacht zu dritt aufgekreuzt, darunter ein Kommissar, was sich unschwer aus seinem ganzen Auftreten und der Art, wie die anderen mit ihm sprachen, schließen ließ?

»Sagen Sie mal, Janvier ... Ist das nicht Boutin an der anderen Straßenecke?«

»Ich glaub schon ...«

»Sie müssen ihm Bescheid sagen, dass er sie in Ruhe lässt ... Und vergewissern sie sich, dass es heute Nacht keine Razzia in der Gegend gibt ...«

Janvier informierte den Kollegen von der Sittenpolizei, der von fern vor dem Kommissar den Hut zog und in der Rue de Lappe verschwand.

Frida war nicht klar, was sie machten, was sie vorhatten. Sie wusste nur eines, nämlich dass sie Hunger hatte, doch sie ließ die drei nicht aus den Augen. Als sie jemand beim Hinausgehen streifte, schrak sie zusammen. Der Araber war schon zurück, und wenige Sekunden später folgte ihm die dicke Jaja. Ihre Hände dufteten nach Seife, als sie gelassen wieder ihren Posten bezog.

»Gib mir einen Franc!«, sagte Frida, ohne sie anzusehen.

»Was willst du damit machen?«

»Gib mir einen Franc! ...«

Jaja fügte sich. Die Fremde bedankte sich nicht bei ihr, sondern ging schnurstracks in das nahe Café und kehrte alsbald mit einem Butterbrot zurück.

»Bist wohl total abgebrannt? ... Red schon! ... Kommt mir ganz so vor, als hätten's die drei Polypen auf dich abgesehen ...«

Die Straße war wie ausgestorben; die ganze Stadt wirkte verlassen, nur dem Mondschein und kalten Winden preisgegeben. Die drei Männer hatten ihre Mantelkragen hochgeschlagen und vertraten sich die Beine. Sie hatten ein Haus, eine Frau und Kinder, und was sie hier taten, erschien ihnen unwirklich. Wenn man plötzlich feststellte, dass man um ein Uhr früh an einer Straßenecke stand, gegenüber einer Tür, an der eine Frau lehnte, konnte man ja nur über sich selbst staunen.

»Es würde mich wundern, wenn der hier vorbeikäme«, seufzte Leroy. »Er ist zwar ein brutaler Kerl, aber scheu wie ein Reh …«

Janvier hustete, und alsbald blickten alle drei in die Richtung, die er ihnen anzeigte. Ein Mann ging an den Häusern entlang, hochgewachsen, hager, mit hängenden Schultern; er bewegte sich zögernd vorwärts wie jemand, der etwas sucht.

»Josef Sibirski …«

Sie konnten nicht ewig warten. Kommissar Lognon trat die Flucht nach vorne an.

»Du, Leroy, nimmst ihn fest und bringst ihn zum Quai des Orfèvres. Sei vorsichtig! Ich komme gleich nach und werde ihn verhören …«

Keine gute Lösung, aber schließlich musste etwas geschehen. Leroy folgte Sibirski, der die Richtung zum Boulevard Beaumarchais einschlug, und stellte fest, dass der Pole leichte X-Beine hatte.

Ein paar Nachtschwärmer, die im Zentrum zu Abend gegessen hatten, stiegen angeheitert aus einem Taxi. Sibirski und Leroy gingen noch etwa hundert Meter hintereinander, dann beschleunigte Leroy zwischen zwei Gaslaternen das Tempo, überwältigte den ehemaligen

Krankenpfleger von hinten, riss ihm beide Arme auf den Rücken, wobei er ihm ein Knie in die Hüfte rammte.

»Keine Bewegung! … Du bist geliefert! …«

Der andere ließ sich widerstandslos die Handschellen anlegen und sah den Beamten dabei aus traurigen oder abgestumpften Augen an.

Stan war schweißgebadet. Vielleicht zum hundertsten Mal versuchte er, das Ganze von Anfang an aufzurollen; und dieser Anfang war der Revolver.

Davon musste er ausgehen und danach sämtliche Einzelheiten sorgfältig bedenken. Der Revolver lag unten. Folglich musste er als Erstes in die Wohnung der Storms gelangen. Nein! Zunächst musste er aus diesem Zimmer herauskommen, und der Schlüssel befand sich unter Nouchis Kopfkissen.

Schlief sie? Er war fest vom Gegenteil überzeugt. Aber er hatte ja Zeit. Er würde so lange warten wie nötig. Auch wenn sie nicht schlief, würde sie nicht zu schreien wagen. Und wenn sie trotz allem schreien wollte, blieb ihm eben nichts anderes übrig, als ihr drei Minuten lang die Kehle zuzudrücken.

Nein! So ging es auch nicht! Das widersprach seinen späteren Absichten. Es sei denn …

Es war aufreibend! Das dauerte nun schon über zwei Stunden, und sobald er fertig war, kam ihm eine neue Idee, und alles musste von vorn überlegt werden.

Warum Nouchi und sonst niemand? Sie war eine Frau, und er konnte auf Mord im Affekt plädieren. Für ein

Verbrechen aus Leidenschaft würde man ihn höchstens zu einer geringfügigen Strafe verurteilen, vielleicht sogar freisprechen. Bis zum Prozess könnte er dann ruhig im Gefängnis sitzen, in Sicherheit vor Frida Stavitskaja und ihren Polen, und die Polizei in der Zwischenzeit die ganze Bande verhaften.

Trotzdem kam er auf seine erste Idee zurück, vielleicht weil er noch nie jemanden erwürgt hatte und ihn der Gedanke erschreckte.

Angenommen, er wäre auf der Hintertreppe … Gut! … Er wusste, wo sie den Schlüssel zur Küchentür hinlegten … Hinter einen Azaleentopf … So sind diese Bürger! … Sie lassen an der Wohnungstür Riegel und Sicherheitsschlösser anbringen und würden nicht zu Bett gehen, ohne sich zu vergewissern, ob alles richtig abgesperrt ist …

Die andere Tür aber, die zur Hintertreppe, vergessen sie! … Und ebenso, dass die Dienstmädchen keine Lust haben, sich wegen nichts und wieder nichts Umstände zu machen! Jeanne und Potsi gingen frühmorgens abwechselnd nach unten, um Feuer zu machen, und da es nur einen Schlüssel gab, waren sie auf den Trick mit dem Blumentopf verfallen …

Er betrat also die Küche. Eine Taschenlampe hatte er zwar nicht, dafür aber Streichhölzer. Durch Nouchi kannte er in etwa die Anordnung der Räume. Die Storms schliefen im hintersten Zimmer.

Es galt zum Schreibtisch zu gelangen und den Revolver an sich zu nehmen, ohne sie zu wecken. Danach …

Schon atmete er ruhig wie ein Schlafender und erschrak

bei der Vorstellung, dass er tatsächlich einschlafen könnte; krampfhaft bemühte er sich, wach zu bleiben.

Gut! Er hätte also den Revolver, der natürlich geladen wäre. Aber wenn Helmut Storm nun die Waffe nachts mit ins Schlafzimmer nahm? Nouchi konnte das nicht wissen, denn sie war nie so lange unten geblieben, bis der Arzt zu Bett ging.

Und wenn schon! Er würde einfach wieder nach oben gehen! Aus der Küche könnte er jederzeit ein Messer mitnehmen, das irgendwann einmal von Nutzen sein könnte …

Ausgeschlossen! Er konnte keinen Tag länger in diesem Zimmer bleiben! Das machte ihn krank. Der bloße Gedanke daran versetzte ihn in Panik. Er wollte nicht mehr!

Er war sicher, dass der Revolver in der Schreibtischschublade lag, er musste einfach darin liegen.

Und trotzdem … Storm wusste, dass Stan in Nouchis Zimmer hauste. Er hatte jeden Grund, ihm zu misstrauen und deshalb den Revolver auf seinem Nachttisch aufzubewahren …

Es war schrecklich! Stan war zu klug. Er war mindestens so klug wie die anderen, wenn nicht noch klüger. Er bedachte alles!

Er wusste sogar, dass er im Begriff war, eine Dummheit zu begehen, und war dennoch außerstande, sie zu unterlassen! Wie sollte man das erklären?

Welche Rolle konnte denn für ihn eine Dummheit noch spielen? Selbst ein Mord! Es gab nur eins, dem er unbedingt entgehen musste, nur eins, was ihm Entsetzen einjagte: das Schafott. Obwohl man ihm schon nicht gleich den Kopf abschlagen würde.

»Was hast du gesagt?«

Er war völlig fassungslos.

»Ich? ... Hab ich was gesagt?«

Und Nouchi, todmüde:

»Du musst laut geträumt haben ...«

»Was hab ich denn gesagt?«

»Das konnte ich nicht verstehen ... Du hast polnisch gesprochen ...«

An der Straßenecke stand Inspektor Granaudin ganz allein in dem wie ausgestorbenen Viertel, das noch verlassener wirkte als die Place de la Bastille. Auch er bemühte sich, nicht einzuschlafen. Das hier entsprach weder seiner Funktion noch seinem Geschmack. Er war in der Ausbildung und bereitete sich auf die Prüfung für seine Anstellung als Protokollführer vor. Doch es war obligatorisch, eine Zeit lang auf Streife zu gehen.

»Ein großer Blonder, sehr mager, mit langer Nase«, hatte man ihm gesagt.

Er starrte auf die Tür von Nummer 18, eine Tür wie alle anderen in dieser Straße, ein Haus wie alle anderen, im Louis-XVI-Stil möbliert.

Wo war Stan doch gerade? Ach ja! Er hielt den Revolver in der Hand ... Doch wie sollte er das Haus verlassen? ... Da wurde es kompliziert ...

Er konnte das Haus verlassen, auf den Mann, der ihm auflauerte, zugehen und ihn umbringen.

Doch dazu hatte er nicht mehr den Mut. Und wenn

noch andere auf der Lauer lagen … Außerdem müsste er fliehen, Gott weiß, wohin …

Nein! Er wollte nicht mehr verfolgt werden, sich verstecken, den ganzen Tag zittern. Er war müde. Außerdem würde ja alles sofort von vorne beginnen.

Angenommen, er käme bis nach Belgien … Bei den Storms gab es nicht genug Geld – und würde er es überhaupt finden? –, um lange davon leben zu können. Bevor man ihm Arbeit zuwies, müsste er seine Papiere vorlegen!

Existierte ein Auslieferungsabkommen mit Belgien? Wahrscheinlich. Fest stand jedenfalls, dass man auch dort eine Arbeitserlaubnis verlangen würde.

Fazit: Er befände sich in einer anderen Stadt wieder an genau demselben Punkt wie in der Nacht in Les Halles.

Wie hatte es Gregor Ignatieff, der in Amerika mit Drogen gehandelt hatte und von der Polizei verfolgt worden war, geschafft, in Paris groß ins Filmgeschäft einzusteigen und im Hotel George V zu wohnen? Er wusste es nicht. Noch nicht. Ignatieff war keineswegs intelligenter als er, ganz im Gegenteil!

Doch jetzt war nicht der passende Moment, um sich mit dem Fall Ignatieff zu beschäftigen. Er hatte den Revolver! Auf diesen Ausgangspunkt musste er immer wieder zurückkommen. Der Revolver war geladen.

Die Vorstellung, dass die Waffe nicht geladen sein könnte, ließ ihn schaudern, aber er schloss diese Möglichkeit aus. Wenn man bei den geringsten Kleinigkeiten schon mit dem Schlimmsten rechnen musste …

Also gut! Am einfachsten war es, Lärm zu machen,

nachdem er die Papiere des Doktors überall verstreut hatte. Das war wichtig! Dann könnte er hinterher behaupten, er habe lediglich nach politischen Dokumenten gesucht; und die Franzosen, die sowieso von diesen ganzen Nationalitätenproblemen keine Ahnung hatten, würden das schlucken.

Er würde einen Stuhl umwerfen … Storm würde aufwachen … Seine Frau versuchen, ihn zurückzuhalten … Storm könnte *unmöglich* ruhig weiter im Bett bleiben, wenn er einen Unbekannten in seinem Sprechzimmer rumoren hörte … Er würde die Tür vorsichtig einen Spaltbreit öffnen … Und Stan würde schießen …

Am besten, am wenigsten riskant war es immer noch, auf die Beine zu zielen. Höher wurde es gefährlich, vor allem im Bauchbereich … Bauchschüsse verliefen häufig tödlich … Falls Storm sterben würde, wäre alles noch schlimmer …

Also weiter! Der verletzte Arzt würde sich mit letzter Kraft zum Telefon schleppen. Oder Madame Storm würde die Polizei benachrichtigen … Stan würde sich verhaften lassen und hätte dann einige Monate Zeit und Muße, um in Gedanken neue Möglichkeiten durchzuspielen.

Er fuhr zusammen, da jemand in seiner unmittelbaren Nähe hustete: die Köchin nebenan. Nouchi dagegen rührte sich nicht. Erstaunlich, dass sie so unbeweglich dalag. Man hätte daraus schließen können, dass sie es absichtlich tat und gar nicht schlief!

Dieser Gedanke versetzte ihn in Wut. Warum schlief sie ausgerechnet in dieser Nacht nicht, während sie sonst immer sofort einschlief und erst morgens wieder aufwachte?

Sie kannte überhaupt kein Mitleid, das wusste er jetzt. Und sie hatte auch kein Herz! Sie würde davonkommen, sie bestimmt.

Vielleicht regte ihn das am meisten auf: Ihm konnte alles Mögliche zustoßen, auch das Schlimmste, während sie seelenruhig ihren Weg mit einem anderen, mit vielen anderen, mit jedem x-Beliebigen weitergehen würde.

Der Mann selber zählte kaum – sie würde sich bei jedem genauso einhängen, wie sie es bei ihren gemeinsamen Spaziergängen durch die Straßen getan hatte, und dieselbe scheinbare Ergebenheit an den Tag legen, die im Grunde nur Gleichgültigkeit war.

Eine Egoistin! Und sie bespitzelte ihn! Dass sie nicht schlief, konnte er auch beweisen, denn sobald er eine Bewegung machte, hielt sie den Atem an.

Er machte die Probe aufs Exempel, setzte sich im Bett auf, als wollte er aufstehen, und sofort fragte sie:

»Wo willst du hin?«

»Ich? Nirgends! Hast du beschlossen, nicht zu schlafen? Wie kommst du dazu?«

Hass erfüllte ihn. Vielleicht hasste er sie in diesem Augenblick noch mehr als Inspektor Mizeri.

»Du wälzt dich die ganze Zeit herum …«

»*Ich* wälze mich herum?«

Er zog scharf die Luft ein. Seine Nasenflügel verengten sich. Sie hörte es und hatte keine Angst.

Also kannte sie die Lösung Nummer eins nicht, die vom

Mord im Affekt, vom Verbrechen aus Leidenschaft. Das Ganze wäre ein Kinderspiel, zumal sie einen langen, zarten Hals hatte, mit kleinen, seidigen Härchen im Nacken.

Er schauderte und warf sich mit einer heftigen Bewegung auf das Bett zurück. Alles tat ihm weh, die Arme, die Beine, wie zu Beginn einer schweren Krankheit.

Was dachte sie wohl, während sie mit offenen Augen neben ihm lag?

»Was macht sie?«, erkundigte sich Inspektor Leroy, der gerade ein Sandwich verzehrte und dazu ein Bier trank.

»Gar nichts«, erwiderte Lognon und zog seinen Mantel aus.

Er entdeckte an den Schultern winzige Tropfen und bemerkte:

»Aha, es fängt an zu regnen ... Wohin hast du ihn gebracht?«

»Nach nebenan.«

»Hat er nichts gesagt?«

»Der ist schon halb hinüber. Er hustet. Ich gehe jede Wette ein, dass er von der Schwindsucht zerfressen wird ...«

»Lass mir auch was zu trinken hochbringen ... Augenblick noch! Ein Sandwich für ihn ...«

Sie waren müde und niedergeschlagen. Das Gebäude war menschenleer bis auf einen Wachhabenden, der am Ende des langen Korridors am Telefon saß. Selbst das Licht wirkte um diese Stunde wie eine gelbliche Staubwolke!

Am meisten beängstigte sie, dass man nie wissen konnte, was in den Köpfen dieser Leute vorging.

Einfacher war es, wenn man es mit einem gewöhnlichen Ganoven zu tun hatte, dessen Reaktionen man vorhersehen konnte; mit einem dieser Typen, die eine alte Ladenbesitzerin überfielen oder einen Tabakladen ausraubten.

Was trieb Frida Stavitskaja vor ihrem Hotel? Erhoffte sie sich wirklich einen Kunden, mit dem sie nach oben gehen und der ihr ein bisschen Geld geben würde?

An übermäßiger Tugendhaftigkeit litt sie wahrhaftig nicht, doch man wurde den Gedanken nicht los, dass sie nicht wirklich bei der Sache war und ganz andere Hintergedanken hatte.

Und Iwan wiederum, der Hüne, der sich so lange ruhig verhalten hatte, um dann plötzlich in einem Wutanfall auf seinen Landsmann einzustechen!

Was war eigentlich mit …?

Er nahm den Hörer ab.

»Verbinden Sie mich bitte mit der Klinik Beaujon … Hallo, Beaujon? … Hier spricht die Kriminalpolizei … Bei Ihnen wurde vorhin ein Pole mit Stichverletzungen eingeliefert … Wie? … Er ist tot? … Vielen Dank …«

Da hatten sie die Bescherung! Er war tot! Der Kommissar holte seine Pfeife aus der Schublade, stopfte sie bedächtig, ging zu der Tür, hinter der Josef Sibirski, die Mütze in der Hand, auf einem Stuhl hockte, und öffnete sie.

»Komm rein … Setz dich dorthin …«

Der Pole gehorchte bereitwillig. Lognon ging um ihn

herum und überlegte, wie er es anpacken sollte. Trotz seiner abgetragenen Kleidung, der struppigen Haare und des Stoppelbartes wirkte Sibirski irgendwie nobel. Am seltsamsten war allerdings seine Sanftmut oder besser, seine Resignation.

»Deine Chefin ist geschnappt worden!«, bemerkte Lognon beiläufig.

Das war ein Versuchsballon, und er hatte Glück damit. Die hellen Augen richteten sich interessiert und fragend auf ihn. Sibirski bemühte sich, ruhig zu bleiben, öffnete den Mund, besaß aber genügend Selbstbeherrschung, um weiterhin zu schweigen.

»Die anderen auch! ... Das heißt, fast alle ... Dein Kumpan Iwan hat ausgepackt ... Du kennst den Ausdruck, nicht wahr? ... Also, er hat geredet wie ein Buch! ... Eine richtige Memme ist das ... Er schiebt alles der Chefin in die Schuhe und behauptet, sie wäre diejenige, die ...«

Leroy erschien mit einem Kellner, der Bier und Sandwiches brachte. Josef zitterte auf seinem Stuhl am ganzen Leib.

»Was hast du denn? ... Frierst du? ... Soll ich das Fenster zumachen? ... Nimm dir ein Sandwich ... Dürfte schon eine ganze Weile her sein, dass du was zu essen bekommen hast, stimmt's?«

Der Kellner war gegangen. Leroy blieb neben der Tür stehen. Sibirski hatte sich ein Sandwich von der Platte genommen, hielt es in der schmalen Hand mit den auffallend langen Fingern und verzehrte es bedächtig, ohne den Kommissar aus den Augen zu lassen.

Dieser hockte auf der Schreibtischkante und begann zum tausendsten Mal die übliche Szene abzuspulen.

»Die amerikanische Polizei hat uns die Akte übermittelt ... Danach ist die Frau eure Chefin ... Ich glaube das allerdings nicht ... Dafür hat sie nicht genug Mumm ... Wer hat übrigens alles mit ihr geschlafen? ... Da war vermutlich jeder mal dran, oder? ...«

Sibirskis graue Augen blitzten auf.

»Iwan auch? ... Das verblüfft mich bei der ganzen Geschichte vielleicht am meisten! ... Dass eine Frau wie sie, jung und gutgewachsen ... Na, red schon! Die ist keine Kostverächterin, die Stavitskaja! ... Du kannst dir noch ein Sandwich nehmen ... Bier auch ... So bald kriegst du kein Bier mehr serviert! ... Kennst du einen Anwalt?«

Zum ersten Mal machte der ehemalige Pfleger den Mund zum Sprechen auf und erklärte kurz und bündig:

»Nein.«

»Und Geld hast du auch keins! Man wird dir einen Pflichtverteidiger stellen ...«

»Ich brauche keinen Anwalt.«

Er sprach langsam, mit ruhiger, angenehmer Stimme, und suchte gelegentlich nach Worten.

»Warum?«

»Weil ich nichts getan habe. Ich bin nur mit Ihnen mitgegangen, weil mir nichts anderes übrig blieb.«

Er betrachtete die Handschellen, die nicht richtig saßen.

»... aber Sie haben kein Recht, mich hier festzuhalten!«

Der Kommissar und Leroy wechselten einen Blick; sie

hatten beide den gleichen Gedanken: Lognon hatte Josef Sibirski ausgesucht, weil er ihm von allen als der am wenigsten Widerstandsfähige erschienen war, als derjenige, dem man am leichtesten die Würmer aus der Nase ziehen konnte.

Ein gewaltiger Irrtum, wie sich jetzt herausstellte. Sibirski war stark und standfest! Und das auf die schwierigste Art, nämlich ruhig und überlegt. Er hörte sich die Fragen aufmerksam an, ließ sich Zeit, protestierte nicht gegen die Beschuldigungen, sondern antwortete gelassen, mit geradezu aufreizender Sanftmut.

Seitdem er gegessen, getrunken und einen schweren Hustenanfall überwunden hatte, war er anscheinend heiter und zufrieden.

Lognon seufzte. Es war zwei Uhr früh. Er hatte seine Frau verständigt, dass er diese Nacht vermutlich nicht nach Hause kommen würde.

»Kennst du das französische Gesetz? Wer sich an einem Verbrechen mitschuldig gemacht hat und aus freien Stücken sämtliche Täter nennt, kann nicht hingerichtet werden. Verstanden? Du verstehst gut Französisch, nicht wahr?«

Mitunter zweifelte er daran, wiederholte seine Worte, sprach ebenfalls ganz langsam, betonte jede einzelne Silbe.

»Ich weiß genau, dass du nicht freiwillig gekommen bist. Aber das ist nur mir und Inspektor Leroy bekannt. Nimm mal an, du willst nicht hingerichtet werden wie die anderen. Man nimmt dir die Handschellen ab. Ich schreibe in meinen Bericht, dass ein gewisser Josef Sibirski heute um zwei Uhr morgens *unaufgefordert* bei der Kriminalpolizei erschienen ist und folgende Aussagen gemacht hat …«

Sibirski rührte sich nicht.

»Die Aussagen kennst du ja … Ich kann dir ein bisschen dabei helfen … Am fünfzehnten Dezember hält in der Nähe von Château-Thierry ein an der Porte d'Italie gestohlener Lieferwagen im sogenannten Chemin des Églantiers … Ein Mann bleibt am Steuer sitzen … Dieser Mann bist vielleicht du … Auf alle Fälle ist er der am wenigsten Schuldige und kommt am besten weg … Die drei anderen, darunter eine Frau, gehen zu Fuß zum Hof der Eheleute Gonnet … Hast du verstanden? … Danach erzählst du mir die Geschichte vom Hof der Mainsieux … Und dann die …«

»Ich weiß nicht, wovon Sie reden.«

»Vielleicht fällt es dir ein, wenn du darüber nachgedacht hast. Es gibt in Frankreich Gesetze wie überall. Es gibt auch Verbrechen, die mehr Empörung auslösen als andere, die so gemein und so widerwärtig sind, dass man meint, sie seien von wilden Tieren begangen worden. Und diese Bestien werden bei uns enthauptet …«

Am unerhörtesten dabei war, dass Sibirski schläfrig wurde! Er schlief buchstäblich ein! Er kämpfte zwar dagegen an, bemühte sich, die Augen offen zu halten, aber man merkte, wie er langsam betäubt auf seinem Stuhl zusammensackte.

»Wie du willst … Leroy! … Bring Frida Stavitskaja herein …«

Sibirski zuckte zusammen, riss die Augen weit auf, konnte nicht umhin, sich spontan zur Tür umzudrehen.

»Oder nein, lass es lieber! ... Ich gehe zu ihr in die Zelle ... Hat sie was gegessen?«

»Noch nicht.«

»Bring ihn in die Nachbarzelle ...«

Dort draußen schliefen mindestens drei Millionen Menschen hinter geschlossenen Fensterläden. Wie viele von ihnen lagen gerade in diesem Augenblick zusammen im Bett und liebten sich?

Die Zellentür wurde geschlossen. Leroy tat, was er tun sollte, jedoch ohne Überzeugung. Der Glaube fehlte ihm. Er öffnete die Tür der Nachbarzelle.

»Los! Raus mit Ihnen! Aufstehen, Frida Stavitskaja ... Der Kommissar erwartet Sie ... Na, wird's bald? ...«

Er schlurfte laut über den Boden, stieß gegen die Tür, entfernte sich geräuschvoll und redete dabei weiter im Alleingang.

Wieder im Büro des Kommissars, sprach er kein Wort. Beide waren gleichermaßen ernst und sorgenvoll.

»Janvier hat eben angerufen«, berichtete Lognon.

Leroy blickte auf.

»Sie ist schließlich mit einem Freier nach oben gegangen, irgendeinem Besoffenen, der aus dem Bistro nebenan kam ... Hast du schon mal solch einen Dickschädel erlebt? ... Und der andere, Iwan, läuft immer noch frei herum, hat keinen Sou in der Tasche und wird garantiert ein Ding drehen! ... Ich mache mich für morgen früh auf allerhand Überraschungen gefasst ...«

Zwei Uhr dreißig. Die Biergläser waren leer und klebrig von Schaum.

»Mit Zermürbungstaktik lässt sich bei denen nichts ausrichten, also sehe ich nur noch einen Weg: Wir verhaften sie alle! … Dann konfrontieren wir sie nacheinander mit dem kleinen Schuft … Wie heißt er doch gleich? … Stan! … Stanislas Sadlak … Wer hat heute dort Dienst?«

»Granaudin …«

»Noch einer, der sich besser einen anderen Beruf aussuchen sollte. Ich würde mich nicht wundern, wenn der unter seiner Gaslaterne das Strafgesetz büffelt … Fahr schleunigst hin … Vor Tagesanbruch dürft ihr nichts unternehmen … Sobald die Concierge die Mülleimer auf die Straße stellt, geht ihr hinauf, der eine durchs Haus, der andere über die Hintertreppe … Dass ihr mir den Vogel ja herbringt … Warte noch! … Nehmt seine Freundin auch gleich mit … Man kann nie wissen …«

»Gute Nacht, Chef.«

»Gute Nacht, Leroy.«

Es gab kein Taxi in der Nähe. Leroy musste bis Châtelet laufen, während der Kommissar zum Wachhabenden am Ende des Korridors sagte:

»In einer Stunde weckst du mich, falls nicht vorher ein Anruf kommt.«

Auf dem Rückweg in sein Büro nahm er die Krawatte ab.

Der Schlüssel lag an seinem Platz hinter dem Blumentopf. Als er ihn gerade an sich nehmen wollte, fuhr Stan zusammen, verharrte eine Weile reglos. Irgendwo im Haus rasselte ein Wecker, zweifellos bei einem Mieter, der einen Frühzug erreichen musste.

In der Küche war es noch warm. Ein intensiver Essensgeruch hing in der Luft. Bevor Stan das zweite Streichholz anzündete, stieß er an den Tisch, auf dem Gläser zu klirren begannen.

Jeanne hatte das Geschirr nicht abgewaschen, und auf der karierten Wachstuchdecke türmten sich Gläser und Teller.

Stan konnte nicht wissen, dass Madame Storm nicht schlief, dass sie fast nie schlief – daher hatte sie auch ständig rote Augen wie ein weißes Kaninchen. Ihr Schlafmittel wirkte schon lange nicht mehr, aber sie rührte sich nicht. Jede Nacht lag sie stundenlang reglos auf dem Rücken, lauschte den gleichmäßigen Atemzügen ihres Mannes und wartete, dass die vertrauten Geräusche den Tagesanbruch ankündigten.

Stan war hektischer, als er angenommen hatte. Je näher er dem Ziel kam, desto größer wurde seine Angst, und er malte sich neue Hindernisse aus, die sich ihm in den Weg stellten.

Wenn nun das Sprechzimmer abgeschlossen war? Manche Leute schließen sämtliche Räume ihrer Wohnung ab!

Aber, nein! Seine Befürchtung erwies sich als unbegründet. Alles war mit Spannteppichen ausgelegt. Er hätte sich nicht die Schuhe auf der Hintertreppe auszuziehen brauchen.

Es war sehr schwierig, viel schwieriger als in allen

seinen Gedankenspielen. Wo stand der Schreibtisch, den er suchte? Es gab zwei davon, einen kleinen und einen großen. Zuerst der Revolver! Dann das Geld!

Denn jetzt musste er um jeden Preis Geld haben. Bevor er ein neues Streichholz anzündete, legte er jedes Mal eine längere Pause ein. Ihm war, als hörte er ein Geräusch, doch es war nur sein Herzklopfen. Durch die Ritzen der Fensterläden drang schwacher Mondschein, aber zu schwach, um etwas sehen zu können.

Der Schreibtisch hatte Messingbeschläge. Sie fühlten sich kalt an. Beinahe hätte er ein Fläschchen umgestoßen, bestimmt irgendein Medikament.

Eine nicht verschlossene Schublade ... Vollgestopft mit Papieren ... Er durchwühlte sie nicht ... Der Einfall mit den verstreuten Papieren war längst vergessen ...

Wieso hatte er nicht daran gedacht, dass man einen Revolver in der rechten Schublade aufbewahrt? Das war doch logisch! Ein Reflex! Nur so hatte man ihn gleich zur Hand ...

Jetzt das Geld ...

Mal überlegen ... Der Doktor kassierte immer, sobald er seine Rezepte ausgestellt hatte ... Er saß also ... Es musste öfter vorkommen, dass er Wechselgeld brauchte ... Demnach war es die mittlere Schublade direkt vor ihm ...

Es knackte etwas, sicher das Holz der alten Möbel. Und Madame Storm lauschte mit offenen Augen und gerunzelter Stirn im Bett.

Mit leiser Stimme hauchte sie:

»Helmut!«

Doch ihr Mann regte sich nicht. Ein Glück – sie hätte ihn gar nicht anzusprechen brauchen. Denn sie, die sich vor allem fürchtete, hatte keine Angst vor der Nacht. In ihrem Elternhaus war immer sie diejenige gewesen, die aufstand, wenn jemand im Keller ein Geräusch hörte, und immer war es eine Katze gewesen oder eine nicht richtig geschlossene Tür, die hin- und herschlug.

Behutsam schlüpfte sie aus dem Bett und zog ihren Morgenrock über, der auf einem Stuhl lag. Geräuschlos öffnete sie die Tür, schlich über den dicken Teppich, während Helmut Storm im Schlaf nach dem leeren Platz neben sich tastete, unruhig wurde, die Augen öffnete und stammelte:

»Hilda! ...«

5

Vielleicht kam alles so, weil er zu viele unwichtige Einzelheiten im Kopf hatte. Im letzten Augenblick wusste er plötzlich nicht weiter, wie ein Student beim mündlichen Examen, und vergaß buchstäblich zu schießen.

Das fiel ihm erst viel zu spät ein.

Ein Streichholz war genau in dem Moment verloschen, als er in der tiefen Schublade einen Gegenstand ausgemacht hatte, der Form und Beschaffenheit nach eine dicke Brieftasche. Der Revolver lag in Reichweite auf dem Schreibtisch.

Und dann ereigneten sich drei Dinge gleichzeitig, sodass er später nicht mehr hätte sagen können, was er zuerst registriert hatte.

Das Licht war es nicht, obwohl ein aufflammender Kronleuchter in einem solchen Moment sehr blenden kann.

Er nahm das Licht hin, als habe er damit gerechnet.

Was ihn erstarren ließ, war die Stimme. Sie war mit nichts vergleichbar, was er je zuvor gehört hatte, beziehungsweise sie rührte an die frühesten Erinnerungen, die er überhaupt hatte. So musste es an seiner Wiege geklungen haben, oder aber so klingen gewöhnliche Stimmen, wenn man aus einer Ohnmacht erwacht.

»Was machen Sie da?«

Das war alles, was sie sagte – sanft, ein wenig erstaunt, ein wenig bekümmert. Fast gleichzeitig mit dem Klicken des Lichtschalters.

Er hob den Kopf und sah sie zum ersten Mal: sehr groß, sehr dick, aber weich, verschwimmend, ganz und gar eingehüllt in duftigen Tüll, das konturenlose Gesicht mit Nachtcreme eingeschmiert.

Sein erster Gedanke galt nicht dem Revolver. Er war bei einem Vergehen ertappt worden, so schien es ihm; er verharrte auf der Stelle wie ein Kind, mit bebenden Lippen und starrem Blick.

Madame Storm jedoch dachte an den Revolver. Entschlossen kam sie näher. Und er hatte den albernen Gedanken, sie wollte ihn schlagen. Doch sie schob ihn nur beiseite, um die Waffe an sich zu nehmen.

»Hilda ...«

Nun erschien Storm in der Tür, barfuß, in seinen Morgenrock verheddert, den er ohne Brille nicht richtig anziehen konnte. Auch er sagte etwas Unerwartetes. Bestimmt war er verblüfft, seine Frau mit dem Revolver in der Hand zu sehen. Es blieb unklar, ob er nur sie meinte oder sie und Stan, als er murmelte:

»Was macht ihr da?«

Er hatte offensichtlich die Situation erfasst, fand nur nicht die richtigen Worte. Stan sah von einem zum anderen. Er dachte nicht an Flucht, er dachte überhaupt nichts, ihm tat nur alles weh vor Angst.

»Sie werden sich erkälten, Helmut ...«

Das Ganze war gespenstisch, wie im Nebel – Schemen, die kamen und gingen, schemenhafte Stimmen, ein schemenhafter Doktor, der seinen Pelzmantel anzog und fragte:

»Weiß Nouchi Bescheid?«

Er musste mit Nein geantwortet haben, denn der Doktor fragte nicht weiter nach; Stan jedoch war sich dessen nicht bewusst. Auf dem Schreibtisch stand ein Telefon. Storm sah seine Frau an, die den gleichen Gedanken hatte, doch dann beschwichtigend lächelte.

Also gut! Kein Telefon! Keine Polizei!

»Hier können Sie nicht bleiben …«, erklärte Storm, als habe es daran auch nur den leisesten Zweifel gegeben.

Die Krise, in der sich Stan befand, war schwer zu ertragen. Seine Nasenflügel zogen sich zusammen. Sein Blick nahm die Umgebung nicht wahr. Er wurde von krampfhaften Zuckungen geschüttelt; bald hüpfte der Adamsapfel auf und ab, bald bebten die Schultern, oder ein Bein begann zu zittern.

»Ich habe kein Geld …«

Etwas Ungeheuerliches geschah, das ihm den kalten Schweiß auf die Stirn trieb. Der Doktor griff nach der Brieftasche, entnahm ihr einen Hundertfrancschein und nach kurzer Überlegung einen zweiten.

»Verschwinden Sie! … Und lassen Sie Nouchi künftig in Ruhe …«

Stan atmete so langsam, als ob er schliefe.

»Sie werden mich umbringen …«, stammelte er mit einem Blick zum Fenster.

Immerhin ... Madame Storm hatte den Revolver beiseitegelegt ... Er könnte ihn ...

Wieder begann er zu überlegen. Sein Dämon ergriff erneut Besitz von ihm. Wenn er mit einem Satz ...

»Warten Sie ... Es gibt einen Weg, wie Sie hier herauskommen können, ohne dass der Mann an der Straßenecke Sie sieht ... Folgen Sie mir ...«

Jeden Moment wäre er ... Und die beiden, die ganz ruhig, nur etwas peinlich berührt neben ihm standen ...

»Hier entlang ...«

Der Doktor ließ Stan durch die Wohnungstür hinaus und schaltete die Treppenbeleuchtung ein.

»Im Hof ist eine Tür«, erklärte er mit gedämpfter Stimme, »die in die Garage führt. Und die Garage geht nach hinten zur Parallelstraße ...«

Bereits seit einer Weile hatten Inspektor Leroy und sein Kollege hinter den Fensterläden Licht bemerkt und sogar überlegt, ob sie nicht hinaufgehen sollten. Und jetzt wurde es im Treppenhaus hell, sodass sie zwei Männer in der Vorhalle erkennen konnten. Unter Storms Pelzmantel sahen die Pyjamahosen hervor, sein Haar war verstrubbelt wie bei jemandem, den man aus dem Schlaf gerissen hat.

»Lauf los, hol mir ein Taxi!«, befahl Leroy.

Stan begann absichtlich nicht zu rennen und vergaß sich zu bedanken. Er schlüpfte zwischen den Wagen hindurch, schlich an einem Araber vorbei, der auf dem Rücksitz einer Limousine schlief, sicher einer der Wärter; die

Garage war lang und nur von einer Glühbirne erleuchtet. Stan vermisste bloß eins: den Revolver. Und wenn er ein Auto stahl? Bis auf den schlafenden Araber war weit und breit niemand zu sehen. Die Tür stand offen. Er hatte die Gelegenheit …

Das war phänomenal! Einfach großartig! Nein, kein Auto! Es reichte vollauf, hier auf schnellstem Wege hinauszukommen …

Na also – er befand sich auf dem Bürgersteig. Tränen schossen ihm in die Augen. Er brauchte nur noch loszurennen.

»Keine Bewegung!«

Er rührte sich nicht, drehte sich nicht einmal um, die Handschellen schlossen sich um seine Gelenke.

»Hier lang … Keine Angst …«

Sie mussten auf das Taxi warten, das Granaudin holen sollte. Leroy nutzte die Zeit, Stans Taschen abzutasten, um sich zu vergewissern, dass er keine Waffe bei sich trug.

»Wohin wolltest du?«

»Ich? … Nirgendwohin …«

»Und warum bist du dann nicht durch den Vordereingang gekommen?«

»Sie haben kein Recht, mich zu verhaften …«

»Wenn ich mich recht erinnere, hast du neulich ausdrücklich darum gebeten. Du wolltest eine Kur im Gefängnis machen …«

Endlich kam das Taxi. Sie stiegen zu Granaudin ein.

»Quai des Orfèvres!«

»Warum haben Sie mir Handschellen angelegt?«

»Da hast du recht! Dir fehlt der Mut zu fliehen ...«

Leroy nahm sie ihm ab.

»Was will die Polizei von mir?«

»Du erinnerst dich doch an deine polnischen Kumpane, nicht wahr? Und an deine besondere Freundin Frida Stavitskaja? ...«

»Sind sie verhaftet?«

»Ja.«

Aber dann ... Er wurde so hektisch, dass sie ihm einen Rippenstoß versetzten.

»Wozu werde ich gebraucht?«

»Zur Identifizierung.«

»Und das ist alles?«

Noch war es dunkel. Wie spät war es? Er beugte sich vor und schaute auf die Uhr an der Place de la Concorde: zehn Minuten nach vier.

»Werde ich sie sofort sehen?«

»Wahrscheinlich.«

»Ich möchte sie sofort sehen ... Wenn sie verhaftet sind, steht mir die Belohnung zu, nicht wahr? ...«

Er war wie ein Motor, der im Leerlauf heiß läuft. Um von seinen nervösen Zuckungen abzulenken, versuchte er zu lächeln, ohne daran zu denken, dass sie ja im Dunkeln saßen.

»Sie haben ihnen doch die Waffen abgenommen?«

Das Taxi fuhr ihm nicht schnell genug. Er drängte als Erster die Treppe zur Kriminalpolizei hinauf, hatte alle Mühe, nicht in Laufschritt zu verfallen.

»Wo ist es?«

Leroy öffnete eine Tür. Stan verschlug es den Atem, doch er fasste sich sofort wieder und erklärte:

»Das sind sie! ... Ja, das ist sie! ... Aber ... Da fehlt ja einer!«

Um ein Haar hätte er den Beamten vorgeworfen, ihre Pflicht nicht richtig erfüllt zu haben.

»Wo ist Iwan? ... Der Hüne ... Das ist der Gefährlichste ...«

Ihm war bewusst, dass er als Einziger so erregt reagierte. Die Übrigen lebten offenbar in einer völlig anderen Welt, von der ihn eine gläserne Wand zu trennen schien.

Die Gegenüberstellung fand im Dienstraum der Inspektoren statt, der größer, aber auch trister war als das Büro von Kommissar Lognon. Die Mitglieder der Bande hockten wie in einem Wartesaal auf ihren Stühlen. Da war die Stavitskaja, die Stan seit seinem Erscheinen nicht aus den Augen ließ. Neben ihr der Baron, beinahe ordentlich angezogen und der Einzige, der einen einigermaßen normalen Eindruck machte.

Sibirski sah in der schlechten Beleuchtung noch elender, noch hohlwangiger aus als sonst. Von Zeit zu Zeit krümmte er sich vor Husten.

Schließlich noch Kellermann, den man in einem Güterwagen an der Gare du Nord aufgegriffen hatte, verdreckt, zerknittert, abgestumpft.

Man bot Stan keinen Sitzplatz an. Kommissar Lognon rauchte, um seine Müdigkeit zu bekämpfen, und schien ihn nicht weiter zu beachten. Leroy und Granaudin waren ebenfalls anwesend. Außerdem noch weitere Inspektoren, die Stan nicht kannte. Da alle rauchten, hatte sich um die beiden Lampen bereits eine dichte Qualmwolke gebildet.

Das Schweigen dauerte endlos. Ob das Absicht war? Stan wusste nicht, wo er hinschauen, wie er die Aufmerksamkeit des Kommissars auf sich lenken sollte, und zupfte schließlich Leroy am Ärmel.

»Inspektor! Ich habe alles gesagt, was ich zu sagen habe, da kann ich doch bestimmt …«

Weggehen!

»Fragen Sie den Kommissar …«, flüsterte der Inspektor.

»Entschuldigen Sie, Herr Kommissar …«

Er schnalzte mit den Fingern wie in der Schule. Und wie in der Schule verspürte er vor lauter Ungeduld das dringende Bedürfnis auszutreten.

»Was wollen Sie denn?«

»Da ich nichts hinzuzufügen habe, könnten Sie mir doch vielleicht gestatten …«

Er wagte nicht, die im Zimmer versammelten Personen anzusehen. Von allen Seiten waren die Blicke auf ihn gerichtet! Bis er nur noch verschwommen sah und zu stottern begann.

»Letztlich haben Sie also keinerlei Beweis für Ihre Anschuldigungen, Stanislas Sadlak … Nur dass Frida Stavitskaja in Amerika war, als sich dort ähnliche Überfälle ereigneten, und dass sie seinerzeit in Wilna einen Mann mit dem Beil erschlagen haben soll … Das ist doch wohl alles?«

Musste er das bejahen? Er wusste nicht mehr weiter.

»Es gibt keinen Beweis dafür, dass Sie das alles nicht

aus Rache sagen, zum Beispiel, weil Frida Stavitskaja möglicherweise Ihre Annäherungsversuche zurückgewiesen hat …«

»Ich schwöre Ihnen …«

Er entdeckte eine Uhr, direkt über Fridas Kopf. Halb fünf. Fridas Blick bohrte sich in den seinen; nicht einmal mehr Wut lag darin, nur noch abgrundtiefe Verachtung.

»Solange Sie keinen Beweis liefern können oder zumindest stichhaltigere Indizien …«

Er sah Josef Sibirski an, dann den Baron und schließlich Kellermann, der vom Schlaf überwältigt zu werden drohte.

Er befand sich in einem Labyrinth, aus dem er um jeden Preis herausfinden musste. Bestimmt gab es einen Ausweg. Es galt nur ihn zu finden, während er all diesen Augen ausgesetzt war, die ihn anstarrten, und der Zeiger der Uhr unaufhaltsam weiter vorrückte.

»Hören Sie, Herr Kommissar … Wenn Sie es wünschen, komme ich morgen wieder …«

Nein! Das bewirkte nichts als ein Achselzucken.

»Sie wünschen einen Beweis, nicht wahr?«

Einen Beweis! Schnell! Und wie um Zeit zu gewinnen, stammelte er:

»Einen Beweis? … Das haben wir gleich …«

»Wenn Sie sich ausruhen möchten, schließen wir Sie bis morgen in einem Büro ein …«

»Nein! Ich schwöre Ihnen, ich hab's gleich … Einen Beweis …«

Mit letzter Kraft suchte er sich aus der eigenen Verstrickung zu befreien. Angespannt, zusammengekauert, nach Luft ringend, bot er einen jämmerlichen Anblick.

»Warten Sie! … Ich hab's! …«

Er brüllte es heraus! Er hatte den Beweis!

»Als sie mich das Küchenbeil kaufen schickten …«

Zu schnell. Er geriet aus dem Konzept. Er hatte polnisch gesprochen.

»Entschuldigen Sie! … Als sie mich das Küchenbeil kaufen schickten, wollten sie eine neue Gewalttat begehen …«

Die Polen wurden unruhig. Kellermann war aufgewacht. Sibirski lehnte sich vor.

»… Sie haben mir eine Straßenkarte von Nordfrankreich gezeigt … Auf dieser Karte … hatten sie die betreffenden Bauernhöfe mit Kreuzen markiert … Die Höfe, die sie überfallen haben …«

»Wo ist die Karte?«

Musste er bis zum Schluss gegen die Ungunst des Schicksals ankämpfen? Es war zwanzig vor fünf!

»Bestimmt in dem Zimmer …«

»Das Zimmer in der Rue de Birague ist durchsucht worden. Man hat dort nichts gefunden …«

»Einen Augenblick! … Ich werde …«

Er konnte sich nur noch auf sein Gedächtnis verlassen. Welcher war es gewesen? Als man ihm die Karte gezeigt hatte … Iwan? … Wieder packte ihn Angst … Wenn es Iwan gewesen war, der einzige hier nicht Anwesende?

»Sibirski!«, rief er plötzlich so heftig, als wollte er sich auf ihn stürzen.

»Josef Sibirski … Haben Sie eine Straßenkarte von

Nordfrankreich? … Janvier! … Leroy! … Durchsucht ihn! …«

»Nicht nötig«, erklärte der Krankenpfleger. »In der linken Tasche …«

Er wandte den Kopf ab, mit Zornestränen in den Augen.

»Legt die Karte ausgebreitet auf den Schreibtisch … Überprüft, was darauf markiert ist …«

In der großen Schaltzentrale des Polizeipräsidiums auf der gegenüberliegenden Straßenseite flammte ein kleines Lämpchen auf dem linken Teil der Wandkarte auf.

»Sechzehntes Arrondissement! Selbstmord durch Veronal …«, verkündete der zuständige Beamte, der die Besonderheiten eines jeden Stadtviertels so genau kannte, dass seine Prognosen fast immer zutrafen.

Er stellte die Verbindung her.

»Hallo! … Polizeirevier Rue de la Pompe? … Sie haben einen Anruf bekommen … Wie, bitte? … Die Sekretärin von … ja, von Doktor … Buchstabieren Sie den Namen … S … T wie Théodore … O wie Oscar … Robert … Maurice … Storm … Ja … Ich weiß … Ich habe eine Dienstanweisung vorliegen … Ich rufe ihn an …«

Madame Lognon war am Apparat.

»Mein Mann ist nicht nach Hause gekommen … Es ist doch hoffentlich nichts Schlimmes? …«

Der Beamte rief schließlich bei der Kriminalpolizei an.

»Ja, er ist hier … Ich verbinde …«

Als das Klingeln in dem Raum voller Polen ertönte, stammelte Stan wie von Sinnen:

»Kann ich jetzt gehen?«

Ihm traten fast die Augen aus den Höhlen, als Lognon den Hörer nahm. Einige Sekunden herrschte Schweigen, das nur unterbrochen wurde durch ein wiederholtes:

»Ja ... ja ... ja ...«

Das Gesicht des Kommissars, das Stan zugewandt war, blieb undurchdringlich. Endlich legte er auf, erhob sich, durchquerte den Raum.

»Komm einen Moment mit in mein Büro ...«

Das war an Stan gerichtet. Er machte Leroy ein Zeichen, sich anzuschließen. Sie brauchten nur durch eine Tür zu gehen.

»Was ist denn ...?«, begann Stan. Die Kehle war ihm wie zugeschnürt.

Und Kommissar Lognon versetzte ihm mit einem Seufzer der Erleichterung einen Faustschlag mitten ins Gesicht, einmal, zweimal, dreimal.

»Du Schwein! ... Du mieses Stückchen Dreck! ...«

Stan hielt die Arme schützend vor die Augen und schnüffelte, als seine Nase zu bluten anfing.

»Weißt du, was man mir eben am Telefon mitgeteilt hat, Leroy? Bevor er getürmt ist, hat er die Kleine erwürgt, Nouchi Kersten ... Die Frau ihres Chefs konnte nicht wieder einschlafen. Sie hatte eine böse Vorahnung und weckte ihren Mann, damit er nachschauen ging ...«

Er hob den Arm, um nochmals zuzuschlagen, aber im selben Augenblick wurde Stan ohnmächtig; seine Nervosität schwand, sein Fieber wich, seine Angst löste sich auf in Betäubung, die ihm das Gefühl von Unendlichkeit gab.

In ebenjenem Augenblick sehnte er das kleine Bistro mit seinen *andouilles* herbei.

Es war vorüber, er hatte es hinter sich. Er war ruhig. Er begann dicker und dicker zu werden, dachte von früh bis spät nur ans Essen. Darüber verwickelte er seinen Wärter in Diskussionen.

»Für Borschtsch, ich meine den feineren grünen Borschtsch, braucht man vor allem reichlich saure Sahne … Sagen Sie Ihrer Frau, sie soll …«

Das Ganze erinnerte an die Schule, an den Kasernenhof. Man brauchte an nichts zu denken. Damit fand er sich nicht restlos ab, sondern konstruierte aus Bagatellen richtige Dramen und verlangte ständig nach dem Beschwerdebuch.

»In den amerikanischen Gefängnissen …«

An Nouchi dachte er nicht, niemals. Mit seinem Rechtsanwalt verstand er sich nicht, nahm aus reiner Freude an der Abwechslung einen anderen und darauf wieder einen neuen.

Vor dem Untersuchungsrichter beschuldigte er die Storms der Spionage.

Beim Wärter erkundigte er sich allmorgendlich nach Iwan, dem Hünen, und erfuhr schließlich, man habe ihn erhängt in einer Scheune gefunden.

»Wie ein richtiger Bauer!«, triumphierte Stan. »Denn das war er, ein richtiger polnischer Bauer. Das sind Dinge, von denen ihr Franzosen nichts versteht …«

Er war von seiner Angst befreit, und allein darauf kam

es an. Seine eigene Gesellschaft genügte ihm vollauf. Er schrieb sogar an die Storms, um sich zu entschuldigen und etwas Geld zu erbitten, doch sie antworteten nicht.

»Hören Sie, mein Freund«, sagte er zum Wärter. »Die Hausordnung schreibt vor, dass mir soundso viel Gramm Kohlehydrate und soundso viel Gramm Fleisch zustehen, nicht wahr? Daraus ergibt sich logischerweise, dass ich auch das Recht auf eine Waage habe, um mein Essen nachzuwiegen ... Bringen Sie mir gleich morgen das Beschwerdebuch ...«

Sein Prozess fand zu einem ungünstigen Zeitpunkt statt, im folgenden Winter, während der großen Kälteperiode. Kurz zuvor war Kellermann zum Tode verurteilt worden, Frida und die Übrigen zu lebenslänglicher Zwangsarbeit.

Er wurde ebenfalls zum Tode verurteilt. Die Hinrichtung fand am 11. Januar statt.

Nieul-sur-Mer, Februar 1939